水孩子

The Water-Babies

通往成長的奇幻水底世界

目錄

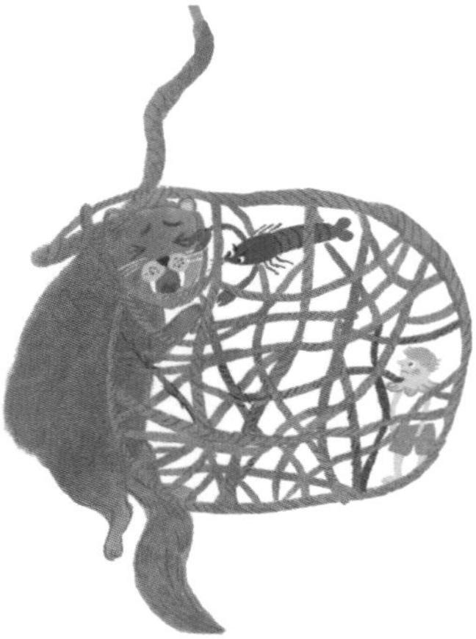

十九世紀「好孩子」的品格教育《水孩子》

林偉信（臺灣兒童閱讀學會顧問）

文本大意

《水孩子》是十九世紀英國牧師查爾斯．金斯萊為兒童所寫的一本著名奇幻小說。

這本小說描述一個品性不佳的孤兒湯姆，跟隨師傅格里姆斯幫人清掃煙囪，師傅對他很壞，經常虐待他。有一次他們去一個大莊園清掃煙囪，湯姆遭人誤會而被追趕，在逃脫時因為過於疲憊，意識迷糊地掉進小溪，經由仙女的幫助，蛻變重生為水孩子，並且開始了一連串奇幻的經歷與好品格的追尋。在歷經各種試煉之後，湯姆最後終於一改過去調皮搗蛋、喜愛惡作劇的習性，變成了一個好孩子。長大後，湯姆成為科學家，設計了許多科學產品，造福社會。

《水孩子》的寫作方式宛如作者在對兒童說故事一般，文字淺顯、內容有趣，作者偶而還會加入他對故事內容的主觀評論，以及對讀者的貼心提醒，是一本簡單易讀的少兒小說。雖然故事情節淺顯易懂，但通常一本書的內容都會受到創作者的時代背景和個人經歷影響，因此在閱讀文學作品時，適度地了解作者的生活年代及其經歷，會有助於我們對作品的欣賞與解讀。

作者的宗教信仰對故事寫作的影響

《水孩子》出版於一八六三年，這時的歐洲，科學發展突飛猛進，實證觀點籠罩各個知識領域，相對於這種實事求是、眼見為憑、強調科學理性的社會氛圍，兒童作家則是為孩子開啟了另外一條充滿奇幻想像的文學之路，讓他們的心靈可以隨心所欲地自由翱翔。因此，十九世紀專為兒童書寫的奇幻文學作品紛紛出籠，例如目前廣為大家熟知的《愛麗絲夢遊奇境》、《叢林奇譚》、《快樂王子》、《木偶奇遇記》等都是這個時期出版的著名兒童讀物，而《水孩子》也是其中的代表性著作之一。

由於身為牧師的查爾斯．金斯萊受其宗教背景影響，因此《水孩子》的內容運用了許多聖經故事的元素，例如湯姆在軀體死亡後，蛻變重生為水孩子（如同基督教信仰裡強調的死後復生）、仙女對水孩子的懲戒與引導（如同基督教信仰中上帝與祂子民的關係）等情節，都可以看到作者受聖經故事影響的痕跡。

除了援引聖經故事之外，一些基督教的經典觀點也明顯地被作者所採用，像是在故事裡，作者區隔出兩個不同的世界：一個是階級明顯、滿是紛亂的世俗社會，另一個則是充滿純淨與美好的理想淨土，這種將「紛亂俗世與理想天國」對立的二元世界觀，在聖經以及西元四世紀的天主教神父奧古斯丁所撰寫的巨著《天主之城》（完整描述天主之城與人類世界的差異）裡，都有詳盡的描述。作者藉由這樣的二元世界架構講述故事，意有所指地批判了當時的社會現況，同時也宣揚了他信仰中的理想天國。

另外在小說裡，湯姆變成「好孩子」的品格養成過程，更是仿若十七世紀著名的基督教求道作品《天路歷程》一書中的描述：在追求真理的過程中，總要與自己的過去有所切割，並且付出代價。而湯姆和書中的主角「基督徒」一樣，都是歷經了諸多危險、誘惑、試探與磨練後，終於安然抵達天城，親近天主／仙女的懷抱。

結合科學實證與奇幻想像的故事內容

除了將宗教元素融入故事，查爾斯．金斯萊也把科學實證和奇幻想像穿插、並存在情節中，讓讀者在閱讀故事時，充滿更多趣味。

在書中，作者不僅描述了不同動物的生態習性（像是石蛾與蜻蜓的蛻變、鮭魚的洄游、海燕的北飛等），還說明了輪船運行原理等科學知識；同時，他也透過故事的進行，讓讀者了解：為什麼一般人看不到水孩子？為什麼蛻變成水孩子的湯姆起初也看不見其他的水孩子？答案正是「因為大多數的人從不仔細觀察周遭的東西。」依此，作者更是進一步地提醒讀者：看不到的東西並不見得就不存在，正如故事中的某一句話「要知道，神奇的東西往往是肉眼看不見的，例如生命，雖然你看不到它，卻仰賴它成長茁壯。」

《水孩子》一書對「好孩子」的品格期待

《水孩子》做為一本基督教牧師寫給兒童閱讀的小說，它最精彩並且對小讀者們最具啟發意義的部分，應該就是：湯姆從原先的壞品性徹底悔悟，積極改過向善，成為一個良善好孩子的蛻變過程。

故事裡，作者藉由湯姆品格養成的過程，讓我們看到「改過自新、成為好孩子」不僅是一個理想，更是一個可以達成的目標，只要你努力地完成一些事情，就可以遠離錯誤、成為一個好孩子。而這些可以培養良善品格的作為，包括：

（一）有心改過：這點很重要，就像書中由仙女變身的愛爾蘭女人對湯姆和他師父的忠告：想要乾淨的人自然會乾淨，想要骯髒的人自然會骯髒。

（二）對自己的錯誤行為感到羞愧，並肯認錯：不只要有心，更要有實際的行動，就像湯姆對自己的惡作劇感到羞愧，他就會停止再犯錯誤的行為；而故事結尾，當卡在煙囪裡的師傅格里姆斯為自己的作為真心認錯時，他的淚水就會將他臉上的髒汙完全洗滌乾淨。

（三）有禮貌，守規矩：書中不斷強調禮貌和規矩的重要，所以當湯姆有禮貌、守規矩的時候，仙女、所有的動物和水孩子們都會主動過來親近並接受他。

（四）了解做人處事的道理：明白這件事後，就不會再犯錯，惹人討厭了，例如偷吃仙女點心的湯姆，全身長滿了尖刺，讓人無法親近，但當他經由艾莉的教導，了解做人處事的道理，以及世界上的各種知識之後，他身上的刺就神奇地全部消失了。

（五）做不願意做的事，去幫助自己不喜歡的人：這是書中對於做一個好孩子最重要的提醒，就像湯姆忍住內心的不願意，去幫助師傅格里姆斯悔過、脫困一樣，這樣的作為是讓湯姆成為好孩子的重要關鍵。

藉由《水孩子》的故事，我們不僅可以一窺十九世紀英國社會對於成為好孩子應該具備哪些品格上的表現，同時也可以將它和現代社會對於好孩子的看法，做做不同時代的比較與省思。

《水孩子》對現實社會的影響

這本少兒小說由於描述了當時清掃煙囪童工的悲慘勞動處境，引發大眾對童工的強烈關注與同情，因此英國國會在這本書出版後的一年內，就立法禁止雇用童工清掃煙囪，而這正是文學作品能夠積極改變（善）現實社會的例證之一。

延伸與推薦閱讀

一、《天路歷程》約翰·班揚著（英國）；中文翻譯版本極多。
二、《木偶奇遇記》卡洛·柯洛第著（義大利）；中文翻譯版本極多。
三、《天主之城》聖奧古斯丁著，吳宗文譯；臺灣商務印書館。

第一章 掃煙囪的湯姆

從前有個掃煙囪的孤兒，名叫湯姆。他住在英國北方的一座大城市裡，那裡的氣候寒冷，家家戶戶都需要壁爐取暖，因此有許多煙囪等著人去清掃。湯姆每天忙得焦頭爛額，為他的師傅掙了不少錢。

湯姆不認識字，也不想學習。由於他住的地方沒有水，所以他從來沒有洗過臉。他蓬頭垢面，渾身髒兮兮，簡直就像是個小炭人。

湯姆的情緒起起伏伏，當他爬進黑漆漆的煙囪，擦傷了膝蓋或手肘時、灰塵跑進眼睛裡時、師傅打罵他時、肚子餓卻沒有東西可以吃時，他都會放聲大哭。相反地，湯姆和他的朋友們一起玩樂，或想像著美好的未來時，他就高興得開懷大笑。

湯姆相信好日子總有一天會到來。等到他長大成人，成為掃煙囪的師傅，他

就能夠一手端著酒杯，一手拿著菸斗，悠閒地坐在酒吧裡吞雲吐霧。同時，他還要盡可能多收幾名徒弟，並用師傅對待他的方式去對付他們。除了把那些孩子當作出氣筒，他還會命令他們扛著掃煙囪的器具走回家，自己則叼著菸斗，騎著驢子，帶隊前進，就像國王出巡時那樣威風凜凜。

有一天，一名神氣十足的馬夫騎著馬，來到湯姆住的院子裡。湯姆躲在一堵牆的後面，企圖對這位客人惡作劇。當他拿起一塊石頭，準備朝馬匹扔過去時，那位馬夫看見了他。

「喂，你知道掃煙囪的格里姆斯先生住在哪裡嗎？」馬夫問。

格里姆斯就是湯姆的師傅，他見馬夫似乎要與師傅談生意，只好立刻丟下石頭，將客人領進屋內。

「明天早上，請到約翰．哈特霍福爵士的莊園，那裡的煙囪需要清掃。」馬夫對格里姆斯說了這句話之後，轉身離開了。

湯姆的師傅一聽到有這麼好的生意上門，高興得將湯姆一拳打倒在地，那天晚上他喝的啤酒，竟足足比平常多了一倍。

隔天清晨，格里姆斯起床後又打了湯姆一拳，警告他安分守己，努力幹活。格里姆斯還告訴湯姆，如果他表現良好，或許他們能從雇主那裡得到不少好處。其實，湯姆也明白這個道理，即使師傅不打他，他也會賣力工作。要知道，哈特霍福可是英國北方有名的望族！

哈特霍福莊園占地遼闊，不但有綿延數英里的狩獵場，還有一條清澈的河流，偶爾可以看見鮭魚逆流而上的景象。格里姆斯和他的酒肉朋友們，時常偷偷溜進去抓魚。此外，莊園的主人約翰爵士是位極有正義感的好好先生，只要一看見不公不義的事情，總會在第一時間跳出來處理，就連格里姆斯也敬畏他三分。

格里姆斯騎著驢子走在前面，湯姆拿著掃煙囪的刷子跟在後頭。他們來到空蕩蕩的大街，家家戶戶的百葉窗全都緊緊關著。街道上雖然有幾名巡邏的警察，但是他們已經疲憊得連眼睛都快睜不開了。

師徒兩人穿過寂靜的煤礦工人住宅區，來到郊外。他們沿著布滿灰塵的骯髒道路往前走，兩旁是由黑色煤渣堆成的矮牆，工廠裡不時傳來機器運作的聲音。再往前走一段路之後，路面和矮牆變得乾淨許多，牆角綻放出一朵朵五顏六色的小花，每片花瓣上還留著晶瑩剔透的露珠。沒過多久，震耳欲聾的機器運作聲也消失了，取而代之的是鳥兒清脆悅耳的歌聲。

除了鳥鳴聲之外，四周依然靜悄悄的。草地上的大樹還在沉睡，樹下的牛群正做著美夢，就連天上的雲朵彷彿也還在夢鄉裡，等著太陽用溫暖的光芒喚醒它們，開啟多采多姿的一天。

一路上，湯姆不時東張西望，因為他從未來過如此偏僻的地方。他好想爬過柵欄，摘些小花來把玩，或是爬到樹上尋覓鳥巢。可是他心裡清楚，格里姆斯是絕對不會允許這些行為的。

不久，他們在路上碰到了一位愛爾蘭女人。她的頭上圍著一條灰色的圍巾，身上穿著紅色洋裝，背上背著包袱，光著腳丫，一瘸一拐地走著，看起來非常疲憊。不過，她的個子很高，五官深邃，有著一雙明亮的灰眼睛，濃密的黑色鬈髮垂在臉頰兩旁。

格里姆斯一見到她，立刻被她的美貌迷得神魂顛倒，於是對她說：「姑娘，地上有許多碎石，光腳走路會受傷的，不如坐在我後面，和我一起騎驢吧！」

那位愛爾蘭女人也許是因為不喜歡格里姆斯的模樣和他說話的口氣，她冷冷地回答：「不用了，謝謝，我寧願跟這位小朋友一起走。」

「哼，隨你便！」格里姆斯氣呼呼地大喊。

愛爾蘭女人和湯姆一邊走，一邊聊天。她問湯姆住在哪裡，學了些什麼，還打聽

了他的身世。從來沒有人用如此溫柔的語氣對湯姆說話，因此湯姆立刻對她產生了好感。

「你住在哪裡呢？」湯姆好奇地問。

「我住在距離這裡非常遙遠的海邊。」愛爾蘭女人微笑著回答。

「海長什麼樣子呢？」

「在寒冷的冬天，大海會大聲咆哮，浪花不停拍打著岩石；但是到了夏天，大海就會變得寧靜而美麗，許多孩子會到水裡嬉戲。」

愛爾蘭女人還告訴湯姆許多有關海的故事和傳說，讓湯姆巴不得能夠親眼瞧瞧大海的真面目。

走著走著，他們來到了山腳下的泉水邊。這股泉水是北方石灰泉，它從石灰岩底下的一個洞口裡洶湧而出，沿著低窪處流去，形成一條清澈的小溪。泉水的四周開滿了美麗的野花，湯姆開心地到處摘採，並和愛爾蘭女人一起編出一個漂亮的花環。

格里姆斯默默地盯著泉水，忽然跳下驢子，走到泉水旁，把他那顆髒兮兮的腦袋浸到水裡，水面上立刻漂著一層油汙。

湯姆見狀，驚訝地說：「師傅，我還是第一次看見您洗臉呢！」

「這很有可能是你最後一次看見我洗臉，而且我今天洗臉不是為了乾淨，只是想涼快一下。」

「那我也要洗！」湯姆一邊說著，一邊跑到泉水旁。

「不行，這樣會耽誤時間！」格里姆斯生氣地說。

「我偏要洗！」湯姆說完，就把頭埋進水裡。

格里姆斯本就因為愛爾蘭女人寧可和湯姆一起走，也不願和他共乘驢子而感到不快，現在湯姆又當場忤逆他，更讓他怒火中燒。他氣沖沖地朝湯姆走去，狠狠地揍了他一頓，可憐的湯姆只能用手護住腦袋，哇哇大哭。

「住手！格里姆斯，難道你不覺得這樣對待一個小孩很可恥嗎？」愛爾蘭女人大聲喊道。

格里姆斯聽到她叫出自己的名字，大吃一驚。他抬起頭，看了愛爾蘭女人一眼，然後冷冷地回答：「我不覺得。」

他說完後，又繼續毒打湯姆。

「沒錯，你果然是這樣的人。如果你曾經感到羞恥的話，那麼你早就回去凡谷了。」

「你知道凡谷的事？」格里姆斯一聽，立刻停止毆打湯姆。

「沒錯，而且我還知道兩年前那個晚上發生的事。」

「你居然知道？」格里姆斯氣急敗壞地衝到愛爾蘭女人面前，惡狠狠地盯著她。湯姆以為他會動手打人，但是愛爾蘭女人也不甘示弱地回瞪著格里姆斯，因此嚇得他不敢出手。

「對，我當時就在現場。」愛爾蘭女人冷靜地回答。

格里姆斯對她罵了許多難聽的話之後，咬牙切齒地說：「聽你的口音，你不像是愛爾蘭人。」

「我是誰不重要，反正我看到了一切。要是你再打那個孩子，我就把所有的事情說出去。」

格里姆斯一聽，立刻像洩了氣的皮球，準備爬上驢背。

「站住！」愛爾蘭女人大喊：「我還有一句話要告訴你們，因為你們將來還會再見到我。記住，想要乾淨的人自然會乾淨，想要骯髒的人自然會骯髒！」

愛爾蘭女人說完後，轉身朝反方向走去。

格里姆斯呆站在原地一會兒後才回過神，他急忙追過去，可是那個愛爾蘭女人消失得無影無蹤，任憑師徒二人怎麼找，就是不見她的蹤影。格里姆斯心裡有點害怕，他騎上驢子，重新點燃菸斗，不敢再找湯姆的麻煩。

他們兩人又走了三英里的路，終於抵達哈特霍福莊園。

莊園的入口是一座雄偉的大鐵門和兩根大石柱，每根石柱上都刻著怪物，牠們的嘴里長著尖銳的獠牙，頭上有兩隻角，身後還有尾巴，模樣相當嚇人。

格里姆斯拉了一下門鈴，莊園的看門人立刻替他們打開大門。

「快進來！」看門人說：「記住，不准在莊園裡到處亂跑，也絕對不行偷東西，離開前，我會仔仔細細地檢查一遍。」

看門人帶領他們走在一條又寬又長的大道上，兩旁栽種著菩提樹。湯姆透過樹枝間的縫隙，看見許多鹿群正躺在草地上休息。他從來沒有看過如此高大的樹木，彷彿天空就是被這群樹頂支撐著似的。

湯姆對看門人說：「噢，我真希望自己也能像你一樣當個看門人，住在這麼漂亮的地方，穿著綠色的絲絨衣裳。」

看門人笑了，他覺得湯姆是個可愛的孩子。

就在這時，他們來到了房屋正面的大鐵門前。湯姆透過縫隙，發現那是一座十分古老的房子，屋頂上有數不盡的煙囪。不過，看門人並沒有讓湯姆和他的師傅從大鐵門進去，而是兜了很大一個圈子，帶他們從房子後方的一個小門進到屋內。為他們開門的是一個女管家，她板著臉孔叮囑格里姆斯，要他當心這個，留意那個，彷彿爬進煙囪的是格里姆斯，而不是湯姆。

接著，女管家將他們領進一個漂亮的大房間，屋內的所有家具都用大張的牛皮紙蓋著。女管家冷冷地吩咐完所有事項後，立刻轉身離開，只留下一個女僕在房間看守家具。湯姆好奇地四處張望，直到被格里姆斯踹了一腳，才心不甘情不願地爬進煙囪。

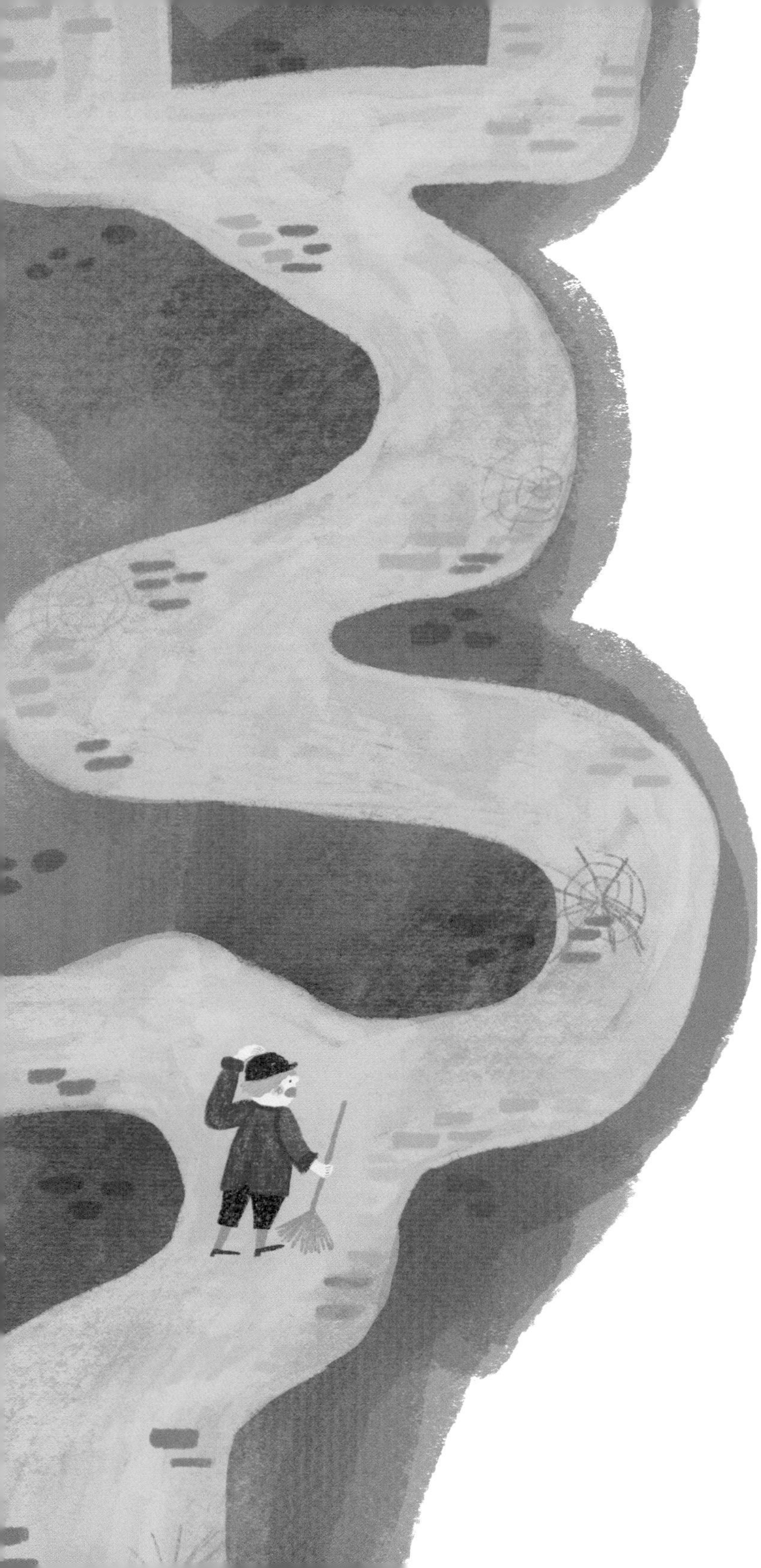

湯姆究竟掃了多少煙囪，連他自己也搞不清楚。這裡的煙囪和他在城裡碰到的煙囪十分不同，全都又高又大且彎彎曲曲，而且又經過多次改建，導致所有的煙道都連在一起。

湯姆清掃了一根又一根的煙囪，早就分不清楚哪裡是哪裡了。他在煙囪裡迷失方向，當他最終爬出來時，發現自己站在陌生房間壁爐前的地毯上。

以前，湯姆去有錢人家掃煙囪時，主人總是把地毯捲起來、將家具堆放在一起然後用布蓋著，並用圍裙或衣裳將牆上的畫罩起來。湯姆時常望著這樣的房間想像：如果把這些物品歸位，那些高貴的上流人士坐在裡面會是什麼樣子？

現在，他的眼前就有一間完整陳列各種家具的房間。屋內的擺設幾乎都是白色的，白色的窗簾、白色的紗帳、白色的家具和白色的牆壁。只有地毯是粉紅色的，上面點綴著幾朵鮮艷的小花。牆壁上掛著許多鑲金邊框的畫，畫中的圖案令湯姆覺得十分有趣。此外，湯姆還從衣架上的衣服看出這是一個女人的房間。

湯姆站在地毯上，繼續東張西望，然後他看到了一個令他感到匪夷所思的物品。那是一個洗臉架，上面放著臉盆、肥皂和毛巾。此外，他還注意到了一個放滿清水的大浴缸。

他想起師傅洗臉的情形，暗自嘀咕：「天啊，洗澡居然要準備那麼多的東西！可見這個女人一定非常骯髒！」

接著，他朝床鋪一望，嚇得差點喘不過氣。原來，一位漂亮的姑娘正躺在雪白的床單上睡覺。她的臉蛋像雪一樣白皙，金色的頭髮柔順地散開在枕頭上，年紀看起來和湯姆差不多。湯姆專心地盯著小姑娘，腦袋裡浮現出一個疑問：她究竟是真人，還是商店裡陳列的洋娃娃？這時，他注意到小姑娘均勻的呼吸聲，於是認為她是一位活生生的人。

湯姆再次打量了一下四周，忽然看見前方有一位又髒又醜的小男孩，正咧著嘴朝他笑。他心想：「這個像猴子般的髒孩子，究竟跑到可愛的小姑娘房間裡做什麼？」

他氣沖沖地瞪著男孩，沒想到對方居然也回瞪著他。過了一會兒，湯姆才驚覺那是一面鏡子，而那個髒兮兮的小男孩正是他自己。湯姆從來沒有照過鏡子，所以當他發現原來自己的外表這麼邋遢時，忍不住難過得傷心大哭。

他認為自己不配待在這麼乾淨的房間裡，於是企圖鑽回煙囪，卻不小心撞到了裝木炭的鐵框，發出巨大的聲響。被驚醒的小姑娘猛然起身，查看四周。她一看到有個陌生的小孩在房間裡，立刻放聲大喊：「救命啊！」

忽然間，一位身材高大的保母衝了進來，她看見湯姆渾身髒兮兮的模樣，便認定他是從外頭闖進來的小偷，於是跑過去揪住他的衣角。靈活的湯姆立刻倒在地上，翻滾了幾圈，成功從保母的手裡掙脫。他飛快地跑到窗戶旁，看見下方正好有一棵大樹，於是縱身一躍，像貓似地順著樹幹往下溜到地面之後，朝樹林飛奔而去。

保母焦急地趴在窗臺大喊：「救命啊！快抓小偷啊！」

正在割草的園丁聽到保母的呼喊，立刻丟下手中的鐮刀，跑過去追趕湯姆；擠牛奶的女工聽見吵鬧聲，猛然站了起來，不小心打翻了裝牛奶的水桶，但是她不以為意，仍舊跑去捉湯姆；馬夫原本正在刷洗約翰爵士的坐騎，這時也鬆開了馬，朝湯姆奔去；格里姆斯不小心將煤灰散落一地，把剛打掃好的院子弄得一團糟，但他沒有收拾，只顧著跑去湊熱鬧。

老管家聽見聲響，急急忙忙打開莊園大門，去追趕湯姆；看門人正要取下老鼠夾上的田鼠，卻不小心把田鼠放了，自己的手指反而被老鼠夾夾住，可是他忍著疼痛，加入了追趕湯姆的行列；那名先前消失的愛爾蘭女人，這時正朝著莊園走來，想要點東西充飢，但是她一看見這種情景，居然忘了飢餓，跟在大家身後一起追捕湯姆。

就這樣，除了愛爾蘭女人之外，園丁、擠牛奶的女工、馬夫、格里姆斯、老管家和看門人，都異口同聲地一邊大喊著「捉賊」，一邊追在湯姆身後。他們認為，那個骯髒不堪的小男孩肯定偷了珍貴的珠寶，才會沒命地逃跑。

可憐的湯姆只能像走失的小黑猩猩，迷惘地逃進樹林裡。雖然他從沒去過森林，但是他認為那裡有許多高大的樹木和灌木叢可以供他藏身，所以才一個勁地往那裡跑。然而，湯姆跑進樹林後，一頭鑽進了茂密的杜鵑花叢，他的腿和手臂被樹枝勾住，臉和肚子也被細枝條打得隱隱作痛。他好不容易從花叢中脫身，沒想到卻被地上的藤蔓絆了一跤，弄傷了手指頭。

「我必須趕緊逃出這裡，要不然肯定會被抓回去的。」湯姆心想：「可是，要怎麼出去呢？」

湯姆一邊走著，一邊想著對策，忽然撞上了一堵厚牆。他猜想這面牆的後方可能沒有樹林，於是靈活地翻到了對面。他放眼望去，到處都是矮樹叢、泥沼和碎石塊，原來這裡就是村民們口中的「哈特霍福沼澤地」。

湯姆是個機靈的小傢伙，他稍微思考了一下，便決定回到出發的地方，因為那些追趕他的人，絕對料不到他會這麼大膽。於是，他彎下腰，順著牆往右跑了半英里，然後沿著一個斜坡走到底，朝沼澤地走去。

湯姆聽見追趕他的腳步聲逐漸消失，嘴角不禁泛起得意的微笑。他知道自己和那些追趕他的人已經隔了一個小山坡，所以再也不用擔心會被他們發現了。

可是，那名愛爾蘭女人竟瞧見了湯姆逃跑的方向！她臉不紅氣不喘地走在眾人前面，腳步十分輕盈，速度卻始終沒有減緩。她走進樹林裡之後，便消失得無影無蹤。

「咦，走在我們前面的那個女人是誰呀？她怎麼不見了？」

那些追趕湯姆的人面面相覷，誰也答不出來。原來，愛爾蘭女人已經悄悄翻過牆，緊緊跟在湯姆身後了。

這時，湯姆已經走進了矮樹叢中，這裡的地勢崎嶇不平，非常難走。他一邊慢慢走著，一邊打量這個陌生的地方。小路旁的樹枝上掛著幾面蜘蛛網，那些背上有王冠和十字圖案的大蜘蛛就坐在網子中央，等待獵物自投羅網。牠們一看見湯姆，立刻擺動八隻長腳，逃得無影無蹤。

石頭上還有幾隻褐色、灰色和綠色的蜥蜴，正舒服地趴著曬太陽。起初，湯姆以為牠們是蛇，嚇得倒退了幾步，

沒想到那些蜥蜴也害怕湯姆，牠們一見到他，馬上以迅雷不及掩耳的速度，跑進灌木叢。

接著，湯姆在一片草叢中，看見了一隻漂亮的母狐狸。牠渾身上下都是褐黃色，只有尾巴是白色的。母狐狸仰天躺在地上，身邊還圍著四隻髒兮兮的小狐狸，畫面看起來相當溫馨。

不久，湯姆爬上了一座小沙丘。忽然間，一個東西從他臉上飛了過去，揚起滿天沙塵。等他睜開眼睛時，才發現原來是一隻大松雞。牠本來正在沙裡洗澡，卻不小心被湯姆踩了一腳，才嚇得跳了起來。

湯姆就這樣不停地往前走，他非常喜歡這個古怪的地方，也喜歡這裡清新涼爽的空氣。不過，山勢愈來愈崎嶇，腳下的鬆軟草地和灌木叢逐漸消失，取而代之的是尖銳的石灰岩。一塊塊佇立的岩石中間是一條幽深的裂縫，裡面長滿了蕨類植物，湯姆必須從這顆岩石跳到另一顆岩石上，才能通過這條路。雖然他一路上小心翼翼地留意自己的步伐，但還是跌進凹洞裡好幾次。勇敢的湯姆強忍著疼痛，繼續往上爬。

那位神祕的愛爾蘭女人一直跟在湯姆後面，不過她總是隔著一段距離，且經常躲在岩石後方，所以即使湯姆回頭張望，也不容易發現她。

經過長途跋涉之後，湯姆的肚子餓得咕嚕咕嚕叫，可是周遭卻沒有半點能果腹的東西。雖然時常聽見岩石的裂縫傳來水流聲，但就算湯姆再怎麼勇敢，也不敢把腳伸進漆黑的洞穴。他只好無奈地舔了舔乾燥的嘴唇，步履蹣跚地往前走。

就在他被太陽曬得頭昏腦脹時，忽然聽到遠處傳來教堂的鐘聲。

「啊！只要有教堂，附近就會有人居住。我可以走到那裡，請他們給我一些食物。」

想到這裡，湯姆就有了勇氣，腳步也變得輕快許多。他爬

上山頂，朝山腳下望去，看見那裡有一條清澈的小溪，以下就是它唱的歌：

又清又涼，又清又涼，流過嬉笑的淺灘、做夢的池塘；
又清又涼，又清又涼，流過閃耀的卵石、飛濺的泡沫；
在鳥兒歌唱的岩石下，在鐘聲繚繞的城樓下；
想要乾淨的人，來我水邊嬉戲吧，在我水裡沐浴吧！

溪流旁有一間小農舍，院子裡還有一座花圃。湯姆瞇起眼睛仔細查看，發現那裡有個穿著紅色裙子的女人正在走動。

「太棒了，或許她能給我一點食物呢！」

這時，他隱約又聽見了教堂的鐘聲，這讓他更加確定山下一定有個村莊。那裡的人不認識他，也不知道哈特霍福莊園發生的事情。即使約翰爵士到警察局去報案，消息也不會這麼快就傳到那裡。

儘管湯姆又餓又累，但他還是邁開步伐，朝山腳下走去。由於他累得沒有力氣回頭，因此絲毫沒有察覺愛爾蘭女人也跟著他下山了。

到這裡為止，如果你不喜歡我的故事，那麼你可以回到教室裡背誦九九乘法表，看看自己是不是比較喜歡那樣的東西。毫無疑問，有些人喜歡枯燥乏味的課程，有些人則不喜歡。事情總是一體兩面，而這也是世界運轉的規則。

第二章 湯姆變成水孩子了

山腳下的這個地方叫做凡谷，是一個美麗、寧靜、祥和的地方。看樣子，湯姆似乎只要扔個小石子，就能打中那位身穿紅裙子女人的背，甚至是山谷對面的岩石，但其實那只是視覺上的錯覺，他離農舍還有好長的一段距離呢。

湯姆打起精神，像爬煙囪似地手腳並用，沿著石縫往下爬，接著來到了一片美麗的樹林。樹林裡充滿了各式各樣的奇珍異草，從樹枝間的縫隙望過去，湯姆看見一條閃亮的小溪，並聽到溪水流過白色鵝卵石所發出來的聲音。

小朋友，不管你有多麼地健康強壯，一生中多少都會面臨無法支撐下去的情況，而且當下的心情肯定十分沮喪。我希望在你碰到這一天時，能有個堅強可靠的朋友陪伴在身邊，否則就只能像湯姆那樣獨自奮鬥了。

雖然湯姆走在熾熱的陽光底下，卻渾身發冷，還一直忍不住想要嘔吐。他搖

搖晃晃地走著，費盡力氣翻過一堵矮牆之後，沿著一條狹窄的小徑，終於抵達農舍的門口。

房屋的大門敞開著，門框四周掛了許多鐵線蓮和玫瑰花，湯姆慢慢地走到門口，小心翼翼地朝裡頭東張西望。屋子裡有個沒有生火的壁爐，一位長得非常慈祥的老婆婆就坐在壁爐前面。她穿著長袖上衣和紅色裙子，頭上戴著一頂白色的帽子，一條黑色綢巾罩在帽子上，再繞到下巴打了個蝴蝶結。她的腳邊蹲著一隻老貓，對面的長凳子上坐著幾個臉色紅潤、白白淨淨的小孩。他們正在唸課文，聲音嘰嘰喳喳，此起彼落。

那些孩子看見湯姆髒兮兮的模樣，全都大吃一驚。女孩子嚇得目瞪口呆，有的還哭了起來；男孩子則哈哈大笑，不停對湯姆指指點點。湯姆累得筋疲力盡，只是愣愣地看著屋子裡的人。

「你是誰？到這裡來做什麼？」老婆婆站起來，大聲詢問。

她仔細瞧了湯姆一眼，然後厲聲說道：「原來是個掃煙囪的孩子。快走，我們這裡不需要你！」

「水……水……」湯姆有氣無力地說著。

「水？屋子後面的河裡多的是！」老婆婆的態度十分不客氣。

「可是我又餓又渴，已經累得走不動了。」湯姆說完，雙腿一軟，一屁股坐在門檻上，頭抵著門框。

老婆婆靜靜地看著湯姆，過了一會兒，緩緩開口：「唉，

他病倒了。孩子總是孩子，就算他是掃煙囪的又有什麼關係。」

接著，她走到隔壁房間，拿了一杯牛奶和一塊麵包給湯姆。湯姆迫不及待地接過杯子，一口氣喝個精光。他滿足地擦擦嘴巴，好像恢復了不少精神。

「你從哪裡來的？」老婆婆問。

「那邊的沼澤地。」湯姆用手指著天上說。

「哈特霍福莊園？」老婆婆提高音調，不可置信地問：「你從那些岩石上爬下來？你該不會是在說謊吧？」

「我為什麼要對你說謊呢？」湯姆說完，又把頭靠在門框上。

「那麼你又為什麼跑到這裡來？」

這時的湯姆早已累得無法編出天衣無縫的謊言來矇騙老婆婆，只好把事情的經過一五一十地告訴她。

「天啊，你真的沒有偷東西？」

「沒有。」

「好吧，我相信你是清白的。話說回來，你真是個勇敢的孩子，居然從這麼高的地方自己爬下來。」

湯姆靜靜地聽著，過了一會兒，他問：「今天是星期日嗎？」

「不是，你為什麼會這麼問呢？」

「因為我聽到教堂做禮拜的鐘聲。」

「可憐的孩子，你應該是因為生病，所以產生了幻覺。你跟我來，我收拾出一個地方，讓你休息吧。」

老婆婆帶湯姆來到外面的一間小屋，扶他躺在一堆柔軟的乾草上，並替他蓋上毯子。

「你先好好休息，再過一小時，那些孩子們就放學了，到時我再來看你。」老婆婆說完後，輕輕關上房門，走了出去。

湯姆非常疲倦，卻毫無睡意，不停在乾草堆上翻來覆去。他感到自己渾身發燙，只想跳到河裡涼快一下。

後來，他迷迷糊糊地睡著了。半夢半醒間，他似乎看到一個穿著白色衣裳的小姑娘，指著他的鼻子，說：「唉唷，你真髒！快去把身體洗乾淨！」

接著，他又聽見愛爾蘭女人對他說：「想要乾淨的人自然會乾淨。」

然後，響亮的鐘聲再度在他的耳邊響起。

噢，今天一定是星期日！可憐的湯姆好想進去教堂看看，從他出生到現在，他都沒有去做過禮拜呢！可是他渾身上下都是煤渣和灰塵，教堂裡的人肯定不會讓他進去的。

「我一定要洗乾淨！我一定要洗乾淨！」湯姆神智不清地大喊。

忽然間，湯姆睜開眼睛，發現自己正站在一條河流前面。原來，他在半夢半醒之下，摸索著來到了房屋後面的小溪。他在河岸的草地上趴下來，望著清澈的河水。水裡有許多大大小小的鵝卵石，每一顆都乾乾淨淨、閃閃發亮。他把手伸進冰冰涼涼的河裡，覺得非常舒服。

湯姆的口中唸唸有詞：「我要變成一條魚，我要在水裡游泳。我一定要洗乾淨，我一定要洗乾淨。」

他急急忙忙脫下身上的衣服，由於太過用力，有幾件衣服竟被他扯得殘破不堪，但是他毫不在乎，只是匆忙地把痠痛的雙腳泡到水裡。過了一會兒，湯姆緩緩地朝河流中央走去，他愈往前走，教堂的鐘聲就愈響亮。

「噢，我得趕快洗乾淨！等鐘聲停止，教堂的門就會關上，那麼我就沒辦法進去了！」

其實湯姆錯了，英國的教堂為了讓信徒能順利做禮拜，所以星期日會開放一整天，而且任何人都可以進去。不過由於湯姆從未受過教育，也不曾做過禮拜，因此他什麼也不知道。

湯姆拚命往前走，終於，河水蓋過了他的頭，將他完全吞噬了。不過，湯姆既不害怕，也不掙扎，只是沉沉地睡著了。他夢到了今天走過的森林、漂亮的小姑娘和愛爾蘭女人……然後就什麼也沒有夢見了。

那麼，神祕的愛爾蘭女人到哪裡去了呢？

原來她早在湯姆來到河邊以前，就已經跳進清澈的水裡了。她的圍巾和裙子漂了起來，隨著河水往下游流去，然後一團綠色的水草漂過來，圍在她的腰際；一朵白色的蓮花漂過來，貼在她的頭上。

過了一會兒，一群有著相同打扮的水仙子從水底冒出來，用胳膊將她抬回宮殿。原來，愛爾蘭女人其實是一位住在水裡的仙后。

許多人認為仙女根本不存在，但我相信那只是她們不願意讓人們看見罷了。要知道，神奇的東西往往是肉眼看不見的，例如生命，雖然你看不到它，卻仰賴它成長茁壯。因此仙女極有可能就在你我之間，並且是讓地球運轉的幕後推手。無論如何，現在就讓我們假裝世界上有仙女存在吧！這是一本童話，倘若沒有仙女，故事又該如何進行下去呢？

「您到哪裡去了？」水仙子們好奇地問。

「我到醫院去，替病人撫平枕頭，將甜蜜的夢放進他們的腦袋裡；我把有錢人家的門窗打開，把令人窒息的空氣放出去；我哄孩子遠離深不見底的池塘，免得他們掉進去；我還抓住那些對別人動粗的手，阻止悲劇發生。唉，我好想再多幫助一些人，但是我累了，需要休息。對了，我還費盡千辛萬苦，給你們帶來了一位小弟弟。」

水仙子們一聽到有新成員加入，都高興得不得了。

「不過，千萬不能讓他看見你們，也不要讓他知道你們的存在。他現在還是個野孩子，得自己從經驗中學習，並記取教訓，所以你們絕對不能與他玩耍，也不行和他說話。可是，你們必須暗中保護他，不讓他受到傷害。」

雖然每位水仙子聽到仙后的這番話，都變得悶悶不樂，但她們還是乖乖地點點頭，表示一定會遵守命令。仙后滿意地看了看水仙子們，然後走出宮殿，順著小河離開了。她去的地方，也就是她來的地方。

另一方面，那位慈祥的老婆婆信守承諾，在孩子們放學後，來到小屋探視湯姆，卻發現房間內空無一人。她焦急地到處尋找，卻怎麼也沒看見湯姆的蹤影。最後，她氣呼呼地回到屋內，認為湯姆對她說了謊，先是假裝生病，接著吃飽喝足後就逃跑了。

話說那些緊追著湯姆不放的人，最後還是把他跟丟了。回到莊園後，他們詢問保母事情發生的經過，才發現大家都誤會湯姆了！

當時人就在現場的小姑娘艾莉，也就是約翰爵士的掌上明珠，在一旁補充說道：「當我從睡夢中驚醒時，發現那個烏漆抹黑的小男孩，正哭哭啼啼地準備爬進煙囪裡。我當時嚇壞了，所以才會放聲尖叫。」

大家連忙趕到艾莉小姐的房間，仔細查看地板上的黑色腳印，發現湯姆在保母抓住他之前，根本沒有離開過壁爐前的那塊地毯。

事到如今，約翰爵士只好先請格里姆斯回家去，因為他認為湯姆說不定已經溜回家了。約翰爵士還向格里姆斯保證，只要他不打湯姆，並將他帶來莊園與保母和艾利小姐對質，就可以得到五先令。

可是那天晚上，湯姆並沒有回家。格里姆斯別無他法，只好去警察局報案，請他們協助尋找湯姆的下落。一夜過去了，所有人還是沒有看見湯姆的身影。他

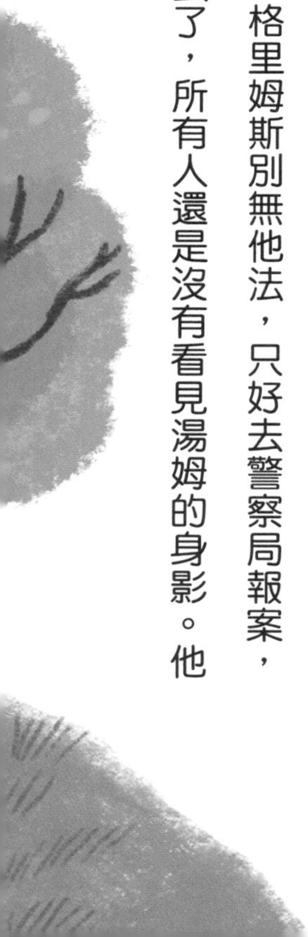

們誰也沒想到，湯姆會爬過那片沼澤地到凡谷去，因為對他們來說，這就跟湯姆跑到月球上一樣是不可能的事情。

第二天，格里姆斯愁眉苦臉地來到哈特霍福莊園。可是當他抵達那裡時，僕人卻告訴他約翰爵士一大早就上山去了，請他先在會客室等候。

原來，約翰爵士整晚輾轉難眠，他對妻子說：「唉，那個孩子一定是跑到那塊沼澤地去，然後迷路了。」

因此隔天清晨五點鐘，他就將馬夫、看林人和馴狗師找來，然後穿上獵裝，騎著馬，帶著獵犬前往樹林。到了目的地，馴狗師給獵犬聞了聞湯姆踩過的地毯後，便鬆開繩子，讓牠去搜索湯姆的氣味。

過了一會兒，獵犬發出洪亮的叫聲，把大家帶到湯姆曾爬過的那堵牆前面。於是眾人立刻翻過牆，繼續跟在獵犬後方。牠一面走，一面嗅，腳步愈來愈緩慢，因為經過一天，湯姆留下的氣味已經變得很淡了。幸虧聰明的約翰爵士想到了這點，才會選在一大早的時候出發。

獵犬把大家領到一塊大岩石上，然後對著下面不停吠叫，好像是在說：「他從這裡下去了！他從這裡下去了！」

「天啊！」約翰爵士往下看了看，倒抽一口氣，說：「那孩子肯定摔死在這塊岩石下面了！」

他不管三七二十一，立刻策馬下山來到凡谷，馴狗師也帶著獵犬，和馬夫緊跟在後。這時，老婆婆正在幫孩子們上課，她一看見約翰爵士（也就是這片土地的所有人）大駕光臨，連忙走出屋外，向他打招呼。

「您好，今日怎麼會來這裡呢？」

「我在找一個迷路的小男孩。昨天他在我的莊園裡掃煙囪，因為一些意外而逃了出來。」

「噢，如果我把這個孩子的行蹤告訴您，您能發誓絕對不傷害他嗎？」

「絕對不會的。唉，昨天那場誤會把他嚇跑，使我的內心非常內疚。獵犬帶著我們到處尋找，卻在一塊大岩石上停下來，不停對著下面吠叫，似乎在暗示我們那個男孩就在這裡……」

老婆婆聽到這裡，忍不住大叫：「原來那個孩子說的都是真的啊！」接著，便把事情的經過告訴了約翰爵士。

「天啊，趕快放了獵犬，讓牠去尋找湯姆！」約翰爵士大聲命令，臉色愈來愈難看。

馴狗師一鬆開繩子，獵犬立刻衝了出去。牠跑到農舍後方，穿過一小片樹林之後，來到了河邊。大家在那裡發現了湯姆的衣服。

那麼湯姆呢？他淹死了嗎？

答案是沒有，他只是沉睡了非常、非常久。他醒來時，發現自己居然在水裡游著，而且身體明顯縮水了，大約只有十公分，脖子周圍還長了一圈類似鰓的東西。起初，湯姆以為這是花邊滾的領子，直到他用力拉扯，卻怎麼樣也無法將它拿掉時，才驚覺這個東西是他身體的一部分。

原來，那些水仙子們已經把湯姆變成一個水孩子了。她們在水裡把湯姆的身軀洗得乾乾淨淨，接著一個迷你的小湯姆從湯姆的身體裡游了出來，如同幼蟲破繭而出般，蛻變成煥然一新的生命體。

可是，約翰爵士一行人看見水裡有一團黑漆漆的東西，都以為那是湯姆的屍體，因此難過得說不出話來。其實，那只是湯姆的舊身軀罷了。

他們翻了翻湯姆的口袋，發現裡面既沒有珠寶，也沒有金錢。約翰爵士相當懊悔，不停責怪自己居然來不及阻止這件慘案發生；老婆婆則抱著湯姆的衣服，痛哭失聲。現場籠罩著一片哀傷的氣氛。

過了幾天，大家把湯姆的衣服當作他的身軀，葬在凡谷的墓園裡，約翰爵士還特別為他立了一塊美麗的小墓碑。每逢星期日，老婆婆都會在墓碑上掛一個花環，並且唱一首古老的搖籃曲，希望湯姆在另一個世界，能做個快樂的小天使。

第三章 水底奇遇

如今，湯姆已經變成了水陸兩棲的孩子，也就是說，他既能在陸地上生活，也能在水裡自由自在地活動。現在的他乾乾淨淨，穿著白色的坦克背心和綠色的短褲，模樣十分討人喜歡。

他試著去回想自己以前的樣子，可是卻怎麼樣也想不起來，甚至忘了經常虐待他的格里姆斯，以及在哈特霍福莊園所發生的一切。

湯姆在水裡過得很快活，在這裡，他什麼也不用做，更不必去打掃髒兮兮的黑色煙囪。有時候，他會漫無目的地走在鋪了沙子的水底，觀察那些在石縫中鑽進鑽出的水蟋蟀；有時候，他會爬上礁石，欣賞水鳥們飛翔的美麗姿態；有時候，他則安靜地待在角落，專心看著幼蟲吃東西。

現在的湯姆變得十分渺小，那些茂密的水草對他來說，簡直就像是一大片森

林，一不小心就有可能在裡面迷失方向。在這片水森林裡，他看見一些動作敏捷的水猴子和水松鼠，正到處爬來爬去，有時還會像人類一樣交談。

其實，水裡的每種生物都有屬於牠們自己的語言，而聰明的湯姆很快就學會了如何與牠們交談。倘若湯姆是個乖孩子，或許他可以藉此交到許多好友。可惜，他天生愛搗蛋，經常對動物們惡作劇，並以此為樂，讓大家對他避之唯恐不及。沒過多久，湯姆就找不到願意與他玩耍的夥伴了。

水仙子們看見這樣的情形，都好想幫助湯姆，並告訴他調皮搗蛋不是好孩子該有的行為。可是，之前仙后已經再三叮囑，絕對不能出面協助，水仙子們只好在一旁焦急地看著，希望湯姆能自己學好。

有一天，湯姆發現一隻石蛾的幼蟲把自己關在房間裡，他想知道牠究竟在裡面幹什麼，於是用力地拉開房門。幼蟲突然被人這麼一打擾，嚇得目瞪口呆，已經蛻變成形的頭部僵在那裡，一句話都說不出來。

其他幼蟲看見這種情形，紛紛對湯姆大聲咆哮：「天啊，怎麼又是你這個討厭的小鬼！牠原本正要好好地養精蓄銳，來長出漂亮的翅膀，到各地飛舞，可是你卻弄壞了牠的門！現在牠已經沒有多餘的絲去修補，只能眼睜睜等死了！到底是誰把你送到這裡，搞得大家雞犬不寧？」

湯姆見狀，急忙游走。他為自己的行為感到羞愧，但就是不肯認錯。

過了一會兒，湯姆碰見了一群小鱒魚，於是淘氣的本性再次蠢蠢欲動。他衝過去追趕牠們，魚群受到驚嚇，紛紛四散逃跑。有的跳出水面，有的從湯姆的指縫間溜走，周遭環境被搞得天翻地覆。

就在湯姆玩得不亦樂乎時，一條巨大的老鱒魚忽

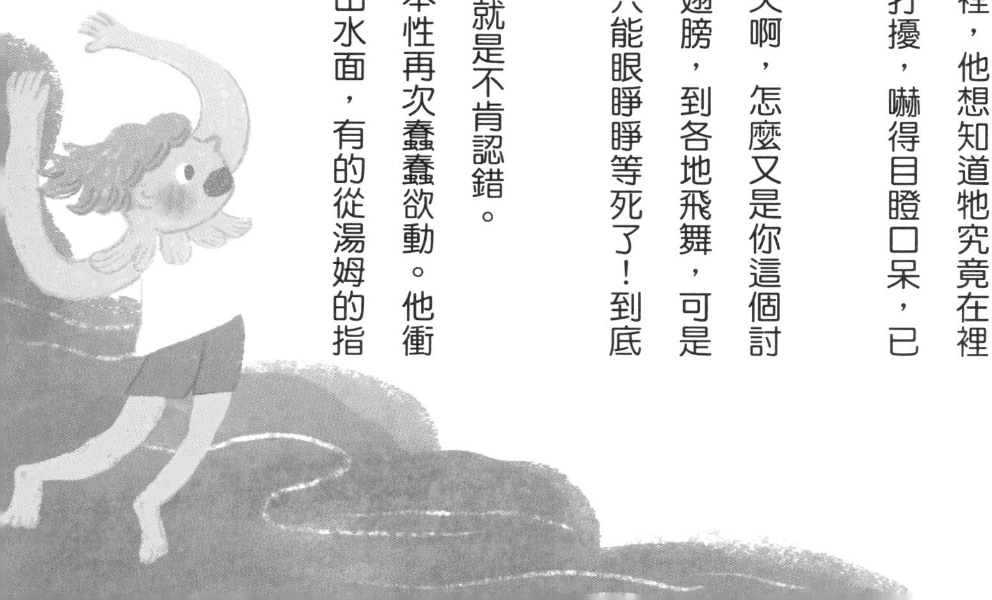

然從大黑洞裡鑽了出來。牠怒氣沖沖地朝湯姆游去，似乎是想給這個頑皮的小男孩一個嚴厲的警告。湯姆嚇得魂飛魄散，只好摸摸鼻子，快速離開。

他垂頭喪氣地走著，忽然看到一個長得很奇特的傢伙坐在河岸下面。這個生物的身體大約只有湯姆的一半長，有著六條腿和一個大肚子，古怪的臉蛋上還有兩顆大大的眼睛，簡直就像是驢子的臉。

「喂，你這個傢伙怎麼那麼醜呀！」湯姆說完後，還朝對方扮了個鬼臉。就在這時，那個有著驢臉的奇怪生物突然伸出帶螯的長腳，一把夾住了湯姆的鼻子。

「唉呀，請你饒了我吧！」湯姆痛得大叫。

「那你不要來吵我。」模樣古怪的傢伙說：「我馬上就要蛻變了。」

湯姆連忙答應不再招惹牠，對方才鬆開了手。他靜靜地站在一旁，目不轉睛地看著這個醜傢伙。只見牠的身體慢慢鼓了起來，嘴巴則忙著吐氣，接著牠的背部竟然裂開了。

從裂開的縫隙裡，爬出一隻蒼白、柔軟的蟲子。牠虛弱地挪動雙腿，朝四周東張西望，然後緩緩地沿著一株水草，爬出水面。湯姆驚訝地看著眼前的情景，一句話也說不出來。他好奇地游出水面，想看看接下來會發生什麼事。

那個小蟲子坐在溫暖的陽光底下，沒多久，奇妙的事情發生了。牠變得強壯結實，身上也漸漸出現了藍、黃、黑等顏色的斑點和條紋。原本黏在背上的薄片被太陽曬乾，伸開來變成兩對近乎透明的大翅膀。牠的眼睛仍舊非常大，幾乎占滿整個臉蛋，在陽光的照耀下，彷彿寶石般光彩奪目。

「噢，你好漂亮啊！」湯姆一邊說，一邊伸手想捉住牠。

那個奇怪的傢伙立刻輕輕拍動翅膀飛到空中，然後又飛回湯姆身邊。

「你抓不到我的，因為我現在是一隻蜻蜓了。」牠說：「我會在陽光下飛舞、在水面上盤旋，然後與一位美麗的小姐結婚。不過，我要先去填飽飢腸轆轆的肚子了，再見！」

蜻蜓說完後，振翅一飛，開始捕食蚊蟲。

「別走，快回來！」湯姆大叫：「沒有人想跟我做朋友，讓我感到很孤單，請你回來陪我玩吧，我保證不會再捉你了！」

「我才不在乎你會不會捉我，因為你絕對捉不到。」蜻蜓說：「等我繞完一圈，我再回來陪你聊天吧！」

沒多久，蜻蜓果真飛回來了。牠滔滔不絕地說著沿途發生的趣事，而湯姆也津津有味地聽著。他們兩個很快就成為了無話不談的好朋友。

由於先前蜻蜓給湯姆吃了一記教訓，因此在往後很長的一段時間裡，湯姆都沒有再去虐待動物。河裡的小動物們見湯姆變得不再調皮，紛紛向他釋出善意，不僅時常與他聊天，還會和他玩遊戲，這讓湯姆十分開心。

有一陣子，湯姆很喜歡捉蟲子，送給他的小魚朋友吃。後來，他碰巧認識了一隻飛蟲，發現對方是個十分有趣的傢伙。從此之後，他就不再捕蟲了。

那是七月的某一天，湯姆正躺在水面上曬太陽，突然有個蟲子跳到他的手指上。這個小東西有著褐黃色的頭和深灰色的身體，態度十分傲慢。牠用又尖又細的聲音對湯姆說：「非常感謝你的美意，可是我現在還不需要。」

「需要什麼？」湯姆疑惑地問。

「你的腿呀，謝謝你特地伸出來讓我坐，但我得先去探望我的太太。要是我回來時，你還願意讓我坐在上面，我會非常高興的。」小蟲說完後，就飛走了。

湯姆覺得這個傢伙十分自以為是，沒想到五分鐘後，牠真的飛了回來，而且還一屁股坐在湯姆的膝蓋上，訴說心事。

「原來你住在水底下呀！其實，我也在那裡待過一段時間，可是實在受不了骯髒的環境。於是我拚命努力，終於到水面上生活了。你看我穿著這身燕尾服，是不是很有派頭呀？」

「確實很好看。」湯姆回答。

「不過，我有點厭倦這裡的生活了，所以我打算出去看看外面的世界，還要盡興地跳幾支舞。」

小蟲子一邊說，一邊跳，整整飛舞了三天三夜，直到最後筋疲力盡地跌進水裡，被河流沖往下游。湯姆不清楚牠後來的下落，只聽見牠被河水沖走時，嘴裡還在唱著：「愁苦煩惱別悶在心裡。」

有一天，湯姆又遇到了一件新鮮事。他當時正坐在睡蓮上，一起和他的朋友蜻蜓欣賞蚊子跳舞。突然，遠處傳來了一陣奇怪的聲響。湯姆朝河的上游望去，看見一大團巨大的毛球正從上面滾下來，棕色的毛髮在陽光下閃閃發亮。有時那團東西會分裂成好幾塊，有時又會聚在一起。

湯姆好奇得不得了，於是一頭埋進水裡，想親自看看那個謎樣的生物。等他一靠近，才發現那團毛球是四、五隻水獺，每一隻都比湯姆大好幾倍。牠們在水裡游來游去，看起來相當愜意。

如果你不相信我說的話，不妨到動物園去親眼瞧瞧水獺在戲水時，是不是最快樂的動物。不過即便是在動物園裡，恐怕你也無法看得十分清楚。要不然你可以早上五點鐘時去一趟寇德里沼澤，那裡時常有水獺出沒。

就在這時，其中一隻水獺發現了湯姆，於是高聲叫道：「孩子們，快過來，這裡有美味的食物！」

水獺說完後立刻衝向湯姆。牠表情凶狠，張開血盆大口，露出兩排銳利的尖牙。湯姆嚇壞了，馬上躲到根芽交錯的蓮藕叢裡。他發現水獺無法捉到他時，嘴角忍不住露出得意的微笑，還朝對方扮了個鬼臉。

「快出來，否則等下要你好看！」水獺凶巴巴地說。

「哼，我才不要！」湯姆使勁地搖著蓮藕的根，對水獺吐了吐舌頭。

「走吧，孩子們。」水獺厭惡地說：「這傢伙只不過是隻水蜥，味道肯定不怎麼好，我們去找別的東西填飽肚子吧！」

「我才不是水蜥！」湯姆不服氣地說：「水蜥有尾巴。」

「不，你肯定是隻水蜥。」水獺非常篤定地說：「我看見了你有手，你也一定有尾巴。」

「哼，你看清楚！」湯姆氣呼呼地轉過身，果然背後什麼也沒有。

「我說你是水蜥，你就是水蜥。」水獺頑固地說：「而且你還不配給我和我的孩子們吃。你就乖乖待在那裡，等鮭魚來把你吃掉吧！」

「什麼是鮭魚？」湯姆問。

「一種大魚呀，你這隻笨水蜥。」水獺舔了舔嘴唇，繼續說：「牠的滋味和你不同，非常新鮮美味。」

接著，水獺轉過身，大聲說：「孩子們，我聞到鮭魚的氣味了，牠們就要來了！到時候，我們就有吃不完的大餐啦！」

水獺說得得意忘形，接連翻了兩個筋斗，然後哈哈大笑。

「那些鮭魚是從哪裡來的呢？」湯姆擔心地問，他有點害怕自己真的會被大魚吞進肚子裡。

「當然是從大海來的呀！不過，那些鮭魚也真傻，不待在安全的地方，偏偏要跑到下游的那條大河裡。每年這個時候，我們就會千里迢迢地來到下游，大快朵頤一番。唉，要是沒有可怕的人類，日子可以過得更加逍遙自在呢！」

「什麼是人？」湯姆問。

說也奇怪，湯姆在發問前，好像隱約知道了答案。

「一種有兩條腿的動物啊，你這隻笨水蜥！現在仔細瞧瞧，你倒是和他們長得有點像，只不過人類比你高大多了。他們經常用魚線和魚鉤來釣魚，有時候我們一不小心，就會被這些玩意兒纏住腳。我親愛的丈夫就是在覓食的時候，被人類用魚叉給戳死了。」

水獺說到傷心處，一把鼻涕一把眼淚地游走了。

從那之後，湯姆總是不由自主地想起水獺提到的大海，並渴望能夠到另外一個地方見見世面。

過了幾天，在一個悶熱的傍晚，當湯姆正趴在荷葉上打瞌睡時，天色忽然暗了下來。他抬頭一看，發現一片烏雲正籠罩在山頂上。周圍靜悄悄的，聽不見一點風聲或鳥鳴聲。就在這時，幾顆大雨滴從天空落了下來，其中一顆正好打在湯姆的鼻子上，嚇得他趕緊躲回水裡。

緊接著，雷聲轟隆作響，閃電劃過天際，照亮了漆黑的大地。湯姆從水裡往上看，覺得這是他有生以來見過最壯觀的奇景了。

雨勢愈來愈大，轉眼間就變成了傾盆大雨。河水暴漲，飛快地往下游奔去。洶湧的激流讓湯姆幾乎站不住腳，只好躲到岩石後面。

他藉著閃電的光芒，看到鰻魚們正急急忙忙地往下游順流而下。

牠們游過湯姆身邊時，還開心地說著：「這場雨來得真是時候！快游，快游！明天就可以抵達大海囉！」

接著，水獺也攜家帶眷地趕了過來，牠們扭動著身子，游泳的速度就和鰻魚一樣快。當牠看見湯姆時，立刻大喊：「水蜥，如果你想去見識一下大海的魅力，現在正是時候！孩子們，快跟上，明天早上，我們就有吃不完的鮭魚囉！」

這時，天空又劃過一道閃電，而且比先前的閃電都還要亮。在那個瞬間，湯姆看見了三個美麗的小姑娘，她們手拉著手，開心地順著河水往下漂，嘴裡還不斷唱

著：「去大海囉！去大海囉！」

「喂，等等我呀！」湯姆大喊，可是她們一下子就消失得無影無蹤。

「既然大家都要到大海，我為什麼不一起去呢？」

湯姆打定主意後，立刻藉著閃電的光芒，順著奔騰的急流，向下游去。他經過了高聳的岩石群，游過了狹窄的石縫和轟隆作響的瀑布。

天亮的時候，湯姆發現自己來到了一片平靜的水域，河面一望無際，幾乎看不見河岸。他停了下來，心裡有點害怕。

「這裡一定就是大海了。」湯姆心想：「這地方太寬了，我若是貿然前進，肯定會迷路。乾脆我在這裡休息一會兒，找路過的動物們問路吧！」

他往回游了一小段路，發現河口處有些岩石，於是立刻爬了上去。經過一夜的奔波，湯姆實在是累壞了，沒多久便沉沉地進入夢鄉。

當他醒來時，混濁的河水已經變成了清澈的藍綠色，但是水位仍舊很高。湯姆呆呆地望著水面，突然，一隻大魚從他的眼前一閃而過，嚇得他跳了起來。

「好大的魚啊！大概足足比我大了一百倍吧！」

湯姆屏氣凝神，全神貫注地觀察著這個龐然大物，發現牠渾身上下都是閃亮亮的銀白色，上面有著星星點點的紅斑。除此之外，牠還有大大的鷹勾鼻、彎曲的大嘴巴和明亮的大眼睛。牠眨著雙眼，像國王那般高傲地四處張望。原來，牠就是水獺口中的「鮭魚」。

湯姆畏畏縮縮地躲在一旁，不敢和鮭魚們打招呼。其實，湯姆根本不用感到害怕，因為鮭魚們各個都是風度翩翩的紳士，牠們從來不傷害任何人，也從不和別人起爭執。

一條又一條的鮭魚從湯姆身邊游過，牠們使勁地拍打尾

巴，逆流而上。有時，這些鮭魚會高高地躍出水面，濺起一陣陣的浪花。牠們的身影在陽光的照射下，顯得耀眼非凡。

後來，又來了一條比其他同伴都還要大的鮭魚。牠游得非常緩慢，不時停下來回頭張望，似乎有點著急。沒多久，另外一條鮭魚吃力地跟了上來。

「親愛的，你看起來好像很累，不如我們先在這裡休息一下，等體力恢復後再繼續前進吧。」大鮭魚說完後，輕輕地把另一條鮭魚推到湯姆坐著的岩石旁。原來，這是一對鮭魚夫妻。

這時，大鮭魚注意到湯姆正盯著牠們看，立刻護住妻子，惡狠狠地說：「你在這裡做什麼？」

「噢，請不要傷害我。」湯姆大叫：「我只是想看看您罷了，您長得實在是太漂亮了呀！」

「哦？」大鮭魚立刻擺出紳士的派頭，有禮貌地說：「對不起，請原諒我，我現在終於看清楚你是什麼東西了。以前，我也曾看過幾個像你一樣的孩子，他們都很有禮貌，也十分守規矩，其中一個在不久前還幫了我一個大忙呢！不好意思打擾你休息，等我太太恢復體力後，我們就立刻上路。」

「您以前曾見過像我這樣的孩子？」湯姆興奮地問。

「對呀，而且還見過好幾次呢！就在昨天晚上，河口附近來了一個小孩子，他告訴我和我太太，河裡最近多了一些魚網，要我們小心。此外，他還熱心地帶我們通過那片水域呢！」

「這麼說來，海裡也有水孩子囉！」湯姆高興地拍著小手，說：「太好了，我終於有玩伴啦！」

「難道河的上游沒有水孩子嗎？」

「沒有，所以我過得非常寂寞。昨天晚上，我好像看見三個水孩子，可是她們一眨眼就到大海去了，因此我也要前往大海！」

湯姆好心地提醒鮭魚夫婦前方有水獺攔截，請牠們務必小心，然後就小心翼翼地朝下游出發了。

第四章 往大海出發

湯姆得游許多天才能抵達大海，要不是水仙子們暗中引路，恐怕他游一輩子也無法到達。一路上，水仙子們小心翼翼地呵護湯姆，既不讓他看到她們的臉，也不讓他察覺到她們溫暖的雙手。

九月裡的一個夜晚，夜空晴朗寧靜，月光照映在波光粼粼的水面上。儘管湯姆閉著眼睛，卻整夜輾轉難眠，於是他索性爬出水面，坐在岩石上，一面聽著蟲鳴鳥叫，一面欣賞金黃色的月亮，心情十分愉悅。

突然，一團明亮的紅光順著河岸快速移動，在水裡映出一片燦爛的火焰。湯姆好奇地朝岸邊游去，躲在一塊石頭後面悄悄觀察。他看見火光下的水面有五、六條大鮭魚，各個瞪著火焰發楞，還不時擺動尾巴。

湯姆浮到水面上，想看清楚是怎麼一回事。突然，他聽見有個聲音說：「又

來了一條魚。」

其實，湯姆聽不懂他在說什麼，只是覺得聲音很熟悉。他朝岸上望去，發現那裡站著三個兩條腿的大傢伙，其中一人舉著火把，另一個人則拿著長竿。火把燒得正旺，不斷發出嗶剝聲。

那個手拿火把的人彎下腰，注視著水面，然後說：「兄弟，捉那條大的，牠起碼有六公斤重呢！」

話音剛落，那根長竿就唰地一聲，伸進了河水。水裡立刻傳來了一陣掙扎，水花四處飛濺，過了一會兒，一條可憐的鮭魚被那些大傢伙提出水面。湯姆看見那條魚被竿子刺穿身體，已經奄奄一息了。

就在這時，另一頭跑來了三個人，匆匆地朝正在抓魚的三個人撲去，緊接著是一陣打鬥聲和辱罵聲。

湯姆躲回水裡，打了個寒顫。這些人的叫喊聲彷彿喚起了他的一些記憶，而他實在不願回想起來。他摀住耳朵，想趕快游走，可是又怕被人類發現，只好乖乖地繼續躲在石頭後方。

突然，水裡響起一陣巨響，原來是其中一個人落水了。岸上的人見狀，立刻停止打架，沿著河岸來回奔跑，想把掉進水裡的人拉上岸。可是那人一掉進湍急的河流中，就被捲進漩渦裡，然後被沖到河底的一個大深洞，因此岸上的人根本找不到他。

等到岸上毫無動靜後，湯姆才朝落水的那人游去。藉著明亮的月光，他清清楚楚地看見那個人的臉，同時回憶也一股腦兒地湧進了他的腦海。

原來落水的人，正是他以前

的師傅格里姆斯！

湯姆一見到他，立刻轉身就跑。

「天啊！」他心想：「我得趕緊游走，免得他變成水孩子後找到我，又要狠狠揍我一頓了。」

湯姆迅速地朝上游奔去，找了個地方過夜。第二天早上，他仍惦記著格里姆斯，想看看他是否也變成了水孩子。於是他回到事發地點，發現格里姆斯仍靜靜地躺在那裡，一動也不動。

湯姆稍微感到放心後，就到別處探險。等他下午再回到那裡時，卻發現格里姆斯不見了。湯姆認為他一定是被水仙子變成水孩子了，於是打算繼續朝下游前進，避免與格里姆斯碰到面。其實，他的師傅並沒有成為水孩子，只是被水仙子們帶走了。

不過，格里姆斯落水是有好處的，因為他就不會再繼續做壞事了。小朋友，將來你長大成人，務必要活得光明磊落，不要去竊取不屬於自己的東西。如此一來，人家才會用良好的態度來對待你，而不是將你視為作惡多端的壞蛋。

湯姆動身的時候，已經是秋天了，寒霧籠罩著水面，讓人容易迷失方向。他順著河水摸索著向前游，沿途穿過了一座大橋，也經過了一座大城市，還與許多船隻擦身而過。他不知道那些水仙子們一直在他的身邊，保護他不被人們發現，更不讓他靠近骯髒和危險的地方。

有一天，湯姆透過灰白的雲霧，看見遠方有一個紅色的浮標。同時，他也驚訝地發現河水竟倒轉過來，向內陸流去。

原來是漲潮了，但是湯姆對此毫無概念，只知道淡水瞬間變成了鹹水，身體也漸漸變得靈活又輕巧，只要他輕輕往上一跳，就可以躍出水面一公尺高。

湯姆朝著浮標游去，並沿途觀看一群魚兒奔來跑去，忙著追逐小蝦。接著，他碰到了一頭正在捉魚吃的海豹。

「您好，大海真是個美麗的地方呀！」湯姆朝海豹打招呼。

海豹停止捕魚，用和藹的語氣回答：「你好，小傢伙，你正在尋找你的兄弟姐妹嗎？我剛才看到他們在浮標附近玩耍喔！」

「噢，我總算找到他們了！」湯姆說完，立刻游到浮標那裡，並且爬上去，朝四周張望。

沁涼的海風隨著潮水吹了過來，把海面上的濃霧趕跑了。只見海鷗在天空中盤旋，牠們的嬉鬧聲像極了女孩子們玩耍時的笑聲。湯姆看了又看，聽了又聽，卻始終沒發現水孩子的蹤影。

有時，湯姆覺得自己彷彿聽到了水孩子們的笑聲，可是仔細一聽，才發現那只是海浪拍打礁石的聲音；有時，他似乎看見水孩子們正在水底嬉戲，潛到水裡一看，原來是一些白色的貝殼。還有一次，湯姆看到一雙眼睛正從水底的沙子裡向外看，他興奮地以為自己終於找到水孩子了，於是一邊用手挖沙，一邊大喊：「不要躲了，快點出來！」

沒想到，他挖到的居然是一條比目魚。受到打擾的比目魚不高興地搖了搖尾鰭，背貼著地面游走了。臨走前，還把湯姆絆倒在地，作為報復。失望的湯

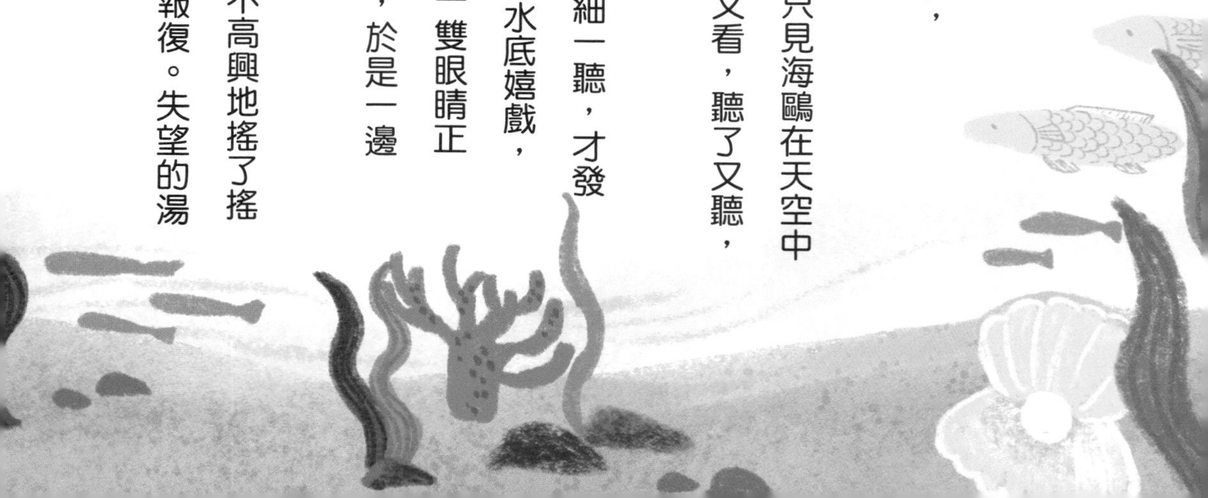

姆再也忍不住，坐在地上嚎啕大哭。

日子一天天過去，湯姆就這樣坐在浮標上，等待水孩子們回來。他還一一詢問經過浮標的動物們，想打聽水孩子的下落，可是仍一無所獲。

有一天，一個頭尖尖、牙齒長長，身體像銀白綢緞的生物從湯姆身邊游過。牠看起來無精打采，表情也十分憂傷。有時牠側著身體，在水裡翻滾；有時會突然卯足全力往前衝刺；但是大部分的時間，牠都像生了重病似地躺在水底，一動也不動。

「你從哪裡來的呀？怎麼看起來這麼傷心？」湯姆好心地問。

「我來自美國南部溫暖的地方，因為想到北方探險，便一股腦兒地往北游，卻不幸碰到漂浮在

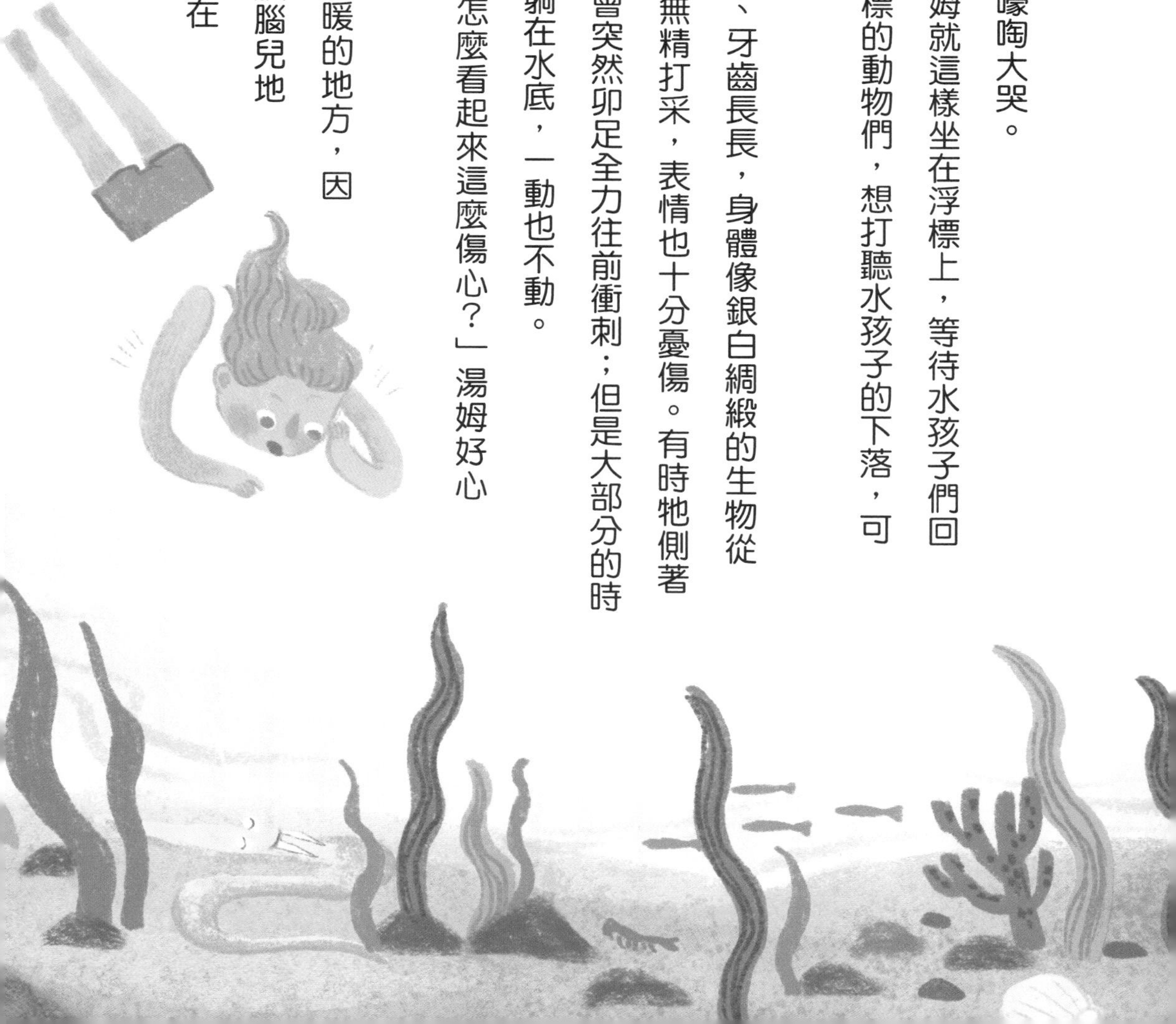

海上的冰山，並在那裡迷失了方向。幸虧水孩子及時將我救了出來，否則我就被凍死了。雖然僥倖逃過一劫，但是一想到可能再也無法回到家鄉，我就忍不住悲從中來。」

「噢，那麼你見過水孩子囉？」湯姆焦急地大聲嚷嚷：「你曾在這附近看過他們嗎？」

「有啊，他們昨天才又救了我一次，不然我早就被海豚吞進肚子裡了。」

「吼，真氣人！」湯姆恨得牙癢癢，明明水孩子應該就在這附近，可是他卻連一個也找不到。

過了幾天，湯姆在礁石中找到了一位朋友。可惜對方不是水孩子，而是一隻龍蝦。他從來沒見過這種動物，因此覺得牠的長相十分滑稽可笑。

湯姆向他打聽水孩子的事，沒想到，牠態度傲慢地說：「唉唷，我時常見到那些愛管閒事的小東西！他們經常去解救受困的魚蝦和貝殼，就連我也曾受過他們的幫助。」

龍蝦的歲數已高，卻還得受比自己更嬌小的水孩子幫助，不禁感到顏面盡失，因此說話的語氣才會如此尖酸刻薄。不過湯姆並不介意，他時常津津有味地聽著龍蝦說故事，也不再感到那麼寂寞了。

某天，正當湯姆在礁石旁的水草裡打盹時，海邊來了一個小姑娘和一位老先生。這位小姑娘正是哈特霍福莊園的艾莉小姐，身旁的男人則是她爸爸的朋友，也是一位博學、善良的老教授。

散步時，老教授不時指著海邊的各種東西，並為艾莉小姐詳細解說。可是小姑娘興致缺缺，最後她終於忍不住說：「如果水裡有水孩子，那該有多好啊！這樣我就有玩伴了。」

「水孩子？你的想像力未免也太豐富了吧！」老教授搖搖頭說。

「水孩子真的存在！」艾莉大聲地說：「而且水裡不僅有美人魚，還有男人魚。我家的一幅畫中，就有許多水孩子在飛、美人魚在戲水、男人魚坐在岩石上吹海螺。這幅作品我從小看到大，畫裡的人物有好幾次還出現在我的夢裡呢！」

「不，那些東西全部都是人類自己想像出來的。除非你親眼看到，否則都不能當真。」

「您為什麼這麼肯定世界上沒有水孩子呢？」艾莉不服氣地問。

老教授被問煩了，就把手上的漁網扔進海裡，結果竟恰巧落在湯姆的頭上。可憐的湯姆就這樣迷迷糊糊地被老教授撈到岸上。

「天啊，這是什麼東西？眼睛還會轉動呢！」老教授驚訝不已。

「是水孩子！是水孩子！」艾莉高興得在一旁手舞足蹈。

「不，這肯定是某種奇怪的生物。」老教授說完後，猛然轉過身子，他無法否認這的確是一個水孩子，可是他剛剛才鐵口直斷地說這個生物並不存在，現在該如何自圓其說呢？

這時的湯姆早已嚇得魂飛魄散，滿腦子只想到一件事：要是被人類捉回去，肯定又會變回掃煙囪的孩子！於是他心一橫，用力地咬了老教授的手指。

「好痛呀！」老教授大叫一聲，急忙把湯姆甩回海裡。湯姆立刻潛到水底，消失得無影無蹤。

「噢，水孩子逃跑了！」艾莉跳下礁石，想再把湯姆撈回來。沒想到卻腳底一滑，摔了出去，頭部硬生生撞在尖銳的岩石上，當場失去意識。

老教授焦急地想喚醒艾莉，卻徒勞無功，只好趕緊將她抱回莊園。

自從這次意外後，艾莉就一直臥病在床。偶爾她會清醒過來，嘴裡大喊著「水孩子」，可是沒有人明白她的意思，老教授也因為心懷愧疚，不敢將事情的真相告訴大家。

一個星期後，在一個月光皎潔的夜晚，水仙子們飛到艾莉的床前，為她帶來了一對翅膀。艾莉迫不及待地把翅膀裝在身上，然後跟著水仙子們飛出窗外、飛越大地和大海，然後飛進雲端，到一個沒有人知道的地方。

第五章 仙女島

有一天，當湯姆愜意地在礁石旁游泳時，忽然看見一個由綠色枝條編織而成的籠子裡，居然坐著他的朋友龍蝦。他滿臉羞愧地玩弄著自己的觸鬚，模樣看起來十分狼狽。

「喂，你怎麼了？幹嘛一個人待在這裡？」湯姆問。

龍蝦搔搔頭，默默地說：「我出不去……」

「那你為什麼要進去？」

「還不都是為了那塊魚肉！」龍蝦氣呼呼地說：「我在籠子附近聞到香噴噴的味道，忍不住就爬了進去，誰知道這竟然是個陷阱。」

「你從哪裡爬進去的？」

「籠子頂端的那個小洞。」

「那麼，你再從那裡出來不就好了嗎？」

「我試過啦，但就是出不去！」龍蝦沒好氣地回答。

湯姆仔細地觀察籠子，不一會兒就明白了這個機關的設計。他對龍蝦說：「你把尾巴面對我，我再把你倒著拖出來，這樣你就不會被卡住了。」

可是龍蝦又蠢又笨，連籠子的出口都找不到。湯姆把手伸進籠子裡，總算抓住了牠。沒想到，這隻笨手笨腳的龍蝦一不小心，竟將湯姆拉了進去。

「看看你做的好事！」湯姆哭笑不得地說：「現在，縮起你的大螯和觸鬚，你就可以出去了。」

「噢，我怎麼會沒想到呢！」龍蝦不好意思地搔著頭。

就在龍蝦快要抵達洞口時，一個陰影突然一閃而過。他們抬頭一看，發現原來是先前威脅要將湯姆吃掉的水獺。

水獺一看到湯姆，立刻露出邪惡的笑容，說：「哈！總算讓我又遇見你了！你這個多管閒事的傢伙，一定是你告訴鮭魚我們在那裡等著，所以才害我們撲了

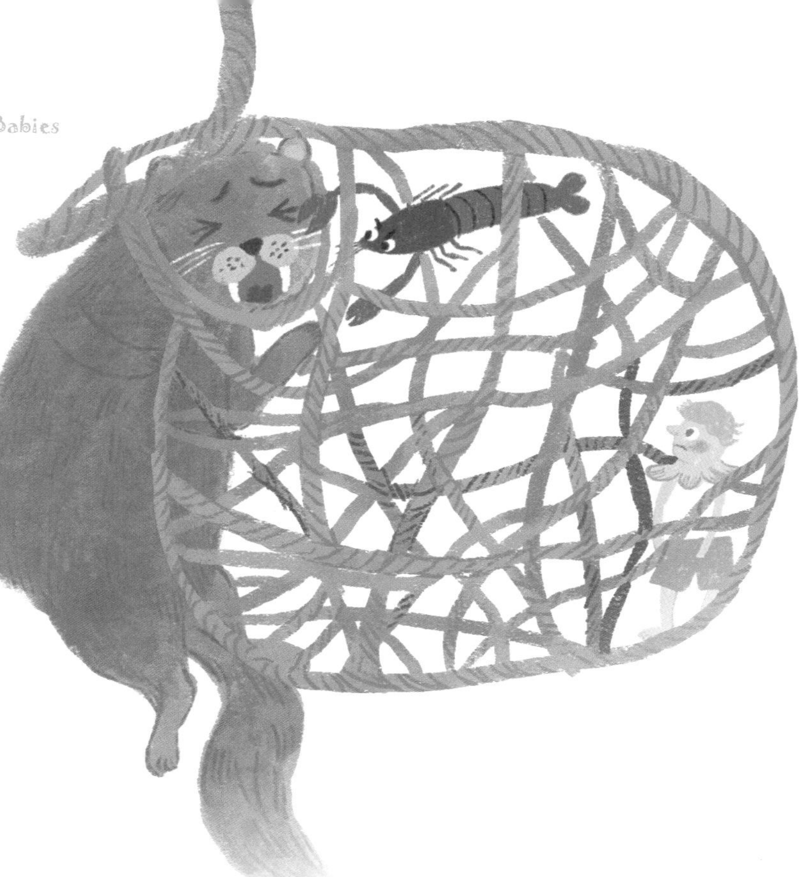

個空！現在，我要讓你這隻水蜥嘗嘗我的厲害！」

水獺說完後，就爬上籠子，想鑽進去給湯姆好看。

湯姆驚恐不安地躲在角落，瑟瑟發抖。當水獺把牠的頭擠進籠子裡時，湯姆更是嚇得魂不附體。幸好龍蝦馬上毫不客氣地用牠的大螯，緊緊夾住這位不速之客的鼻子。

水獺痛得哇哇大叫，連鑽帶衝地滾進籠子裡，和龍蝦糾纏在一起。雙方你夾我，我扯你，誰也互不相讓。籠子本就不寬敞，被他們這麼翻過來、撞過去，更顯擁擠。湯姆被逼到角落，差點連氣都喘不過來。最後，他趁著水獺不注意時，偷偷爬上牠的背，溜到籠子外面。

雖然湯姆安全脫逃，但重義氣的他仍沒有忘記要解救龍蝦，因此當他一看到龍蝦的尾巴高高地聳在籠子口時，立刻使勁地想把牠拉出來。

但是龍蝦不肯鬆開夾著水獺的大螯。

「可以放手了！難道你沒看見牠已經死了嗎？」湯姆大叫。

原來，水獺憋在水裡太久，已經溺斃了。

可是，頑固的龍蝦還是不肯罷休。這時，湯姆感覺到籠子正慢慢地被人往上提，肯定是漁夫要來把戰利品收回去了。

「快點出來！漁夫要來啦！」湯姆焦急大喊，但龍蝦仍舊不鬆手。

湯姆就這樣眼睜睜地看著漁夫把籠子拉到小船旁，認為龍蝦必死無疑了。正當漁夫準備把手伸進籠子裡時，龍蝦突然弓起身子，猛然一彈，跳進海裡，安全地逃離魔掌。

湯姆見狀，開心地拍手叫好，然後迅速游走了。他離開龍蝦不到五分鐘，就看見了他朝思暮想的水孩子！

那名水孩子坐在沙灘上，正忙著堆疊石頭。她也看見了湯姆，並上下打量他一番後，說：「你是新來的水孩子吧？我之前沒見過你。」

湯姆興奮地跑向前，緊緊抱住對方，然後說：「你們到底跑到哪裡去了？我找你們找得好辛苦啊！」

「我們一直都在這裡呀！你看，礁石附近還有好幾百個水孩子呢！每天回家前，我們都會唱歌、玩耍，你怎麼會找不到我們？」

湯姆看了看周圍，然後搔搔頭說：「真奇怪，我經常看到長得像你們的白色貝殼，卻從來沒發現你們居然就是水孩子。」

小朋友，你是不是也覺得很奇怪呀？為什麼湯姆救了龍蝦之後，才終於發現了水孩子呢？倘若你想知道原因，不妨再把這個故事多讀幾遍，或許你就會明白了。大人若一味告訴孩子答案，而不讓他們自行思考，只會使得那些小腦袋變得空洞無比啊！

「原來如此。」那名水孩子說：「對了，你可以幫我把這些石頭重新擺好，並在上面種植海草、珊瑚和海葵嗎？這裡本來是一座漂亮的石頭花園，可是上星期下大雨時，洪水夾帶了許多大石頭沖刷下來，把這裡弄亂了。」

「好啊！」湯姆答應她後，立刻動手幫忙。

原來每當風暴過後，水孩子們就會上岸打掃，將海灘整理得井井有條。不過水孩子們無法忍受臭味，因此如果人們亂丟垃圾，造成海灘瀰漫著難聞的惡臭，水孩子便不會前來打掃，只剩下螃蟹努力將廢棄物埋進沙子裡。我想，這也是為什麼我們都不曾在海邊見過水孩子。

過了一會兒，湯姆聽見其他水孩子踩在沙灘上的腳步聲。他們開心地追逐打鬧、大聲歌唱，嬉鬧聲像極了海浪拍打岩石的聲音。湯姆這才恍然大悟，原來他其實一直都看得見水孩子，只是沒有用心去感受罷了。

幾十位水孩子圍攏了過來，他們有的比湯姆大，有的比湯姆小，個個都穿著白色的小泳衣。大家熱情迎接湯姆，並將他圍在中央，高興地手舞足蹈。這時的湯姆，應該是世界上最幸福的人了！

「好了，我們該回家啦！」其中一位水孩子說。

「水孩子的家在哪裡？」湯姆疑惑地問。

大家齊聲回答：「在聖布蘭登的仙女島！」

仙女島是一座由柱狀岩構成的島嶼，那些柱子有些是黑色的玄武岩，有些是紅綠相間的蛇紋岩，有些是紅、白、黃相雜的砂岩。柱子下方是四通八達的洞穴，洞口和洞壁長滿各式各樣的海草。洞穴裡鋪上了一層柔軟的沙子，水孩子每天夜裡就在這裡睡覺。

這裡的生物各司其職，例如螃蟹負責維持地面的整潔，牠們會把散落的東西吃掉；寄住在石頭上的海葵和珊瑚幫忙過濾海水，讓水質乾淨如新；水蛇則擔任警衛的工作，牠們身穿金絲絨製成的衣裳，上面有一道道的環。有的尾巴上長著眼睛，有的則每道環上都有眼睛，好讓牠們看清楚周圍的動靜。

仙女島上有成千上萬的水孩子，湯姆數也數不清。這些大多都是不受父母疼愛，甚至被殘忍虐待的可憐孩子。有的從一出生，就沒見過父母；有的每天莫名其妙遭到毒打；有的到處流浪，最後病死在街頭。水仙子們不忍心這些孩子受到無情的折磨，於是就把他們變成了乾乾淨淨的水孩子，遠離人世間的紛擾。

現在，湯姆有許多的玩伴，終於不再感到孤單寂寞了。可惜，他愛搗蛋的本性始終改不了，弄得小動物們心神不寧。有時他會去搔珊瑚蟲的癢，使牠們縮成一團；有時則用樹枝嚇唬螃蟹，嚇得牠們趕緊躲到沙子裡；有時還把石頭放進海葵的嘴裡，逼迫牠們吞進肚子。

其他水孩子紛紛跳出來警告湯姆：「別再惡作劇了，小心懲惡仙女很快就要來了！」

但是湯姆仍舊把他們的話當作耳邊風，繼續欺負比他弱小的動物。沒想到過了幾天，懲惡仙女真的來了。

她是一位身材高大的女人，頭上戴著一頂黑色帽子，脖子上圍了一條黑色絲巾，鷹勾鼻梁上還架著一副綠色的大眼鏡。懲惡仙女長得十分難看，要不是她的腋下夾著一把大戒尺，湯姆肯定會朝她扮鬼臉。

水孩子們一見到她，立刻抬頭挺胸，自動排成一列。他們把身上的小泳衣拉平，雙手放在身後，就像要受長官檢閱一樣。

仙女靜靜地掃視每個孩子之後，便開始分發點心，有蛋糕、蘋果、橘子、太妃糖等。至於表現最棒的孩子，則得到一支美味的霜淇淋。這種霜淇淋是用海牛的乳汁製成的，在水裡並不會融化。

湯姆看著那些可口的點心，嘴裡不斷流著口水。他焦急地東張西望，眼看點心就快要分完了，怎麼還沒輪到自己呢？過了一會兒，仙女總算叫到湯姆的名字了。他飛快跑向前，準備領取甜點。

仙女叫湯姆張開嘴巴，並塞了一顆東西進去。湯姆以為是好吃的糖果，於是用力一咬，發出「喀啦」一聲。沒想到，居然是硬邦邦的石頭！

「噢，你真是太殘忍了！」湯姆氣得大聲咆哮。

「你也是個壞孩子，不是嗎？是誰把石頭放進海葵的嘴裡，強逼牠們吞下肚的？既然你可以這樣對待牠們，那麼我也可以這樣對待你。」

湯姆看了周圍的水孩子一眼，問仙女：「是誰告訴你的？」

「是你自己告訴我的，就是現在。」

可是，他剛才並沒有開口啊！湯姆不由得大吃一驚。

「沒錯，每個人只要遇到我，就會不知不覺把他的所作所為全盤托出，所以別想對我說謊。現在，你可以走了。記得做個好孩子，只要你不再捉弄別人，我就不會餵你石頭。」

「我不知道那樣做不對。」湯姆說。

「那麼你現在知道了。我告訴你，火不會因為人家不知道它會發燙，就不燙傷人。同樣地，細菌不會因為人家不知道它會帶來疾病，就不使人生病。那隻龍蝦不知道籠子裡有危險，但牠還是被困住了。」

「天啊，她真的什麼都知道！」湯姆心想。

「所以我不會因為你不知道而饒恕你。不過，你的罪確實比明知故犯還要好一些。」仙女說完，臉色也變得柔和許多。

「可是，我覺得你的懲罰似乎太過嚴厲了。」

「一點也不，我可是你有生以來最好的朋友。可是我得告訴你，只要我一碰到犯錯的人，就會忍不住責罰他們。其實，我也不願意這麼做，但我就是控制不了，因為我就像一部上了發條的機器，一旦啟動，就無法自己停下來。」

「那你上一次上發條是什麼時候？」湯姆問完後，心裡暗自盤算：「她身上的發條總有一天會走完的，或許他們會忘記替她上發條，就像格里姆斯每次喝得爛醉如泥時，就會忘了為手錶上發條。只要我努力撐過這段時間，之後就可以隨心所欲地過活啦！」

「噢，那已經是很久以前的事了，就連我自己也記不清了，而且我一輩子只需要上一次發條就夠了。」

「天啊，你一定被造出來很久了吧！」湯姆大叫。

「孩子，我不是造出來的，我一直都是這個樣子，將來也永遠都會是這副模樣，不會改變。」

懲惡仙女說這番話的同時，臉上浮現出安詳、柔和的表情，嘴角還露出一抹淺淺的微笑。這一刻，湯姆覺得仙女一點也不醜。

仙女彷彿看穿了湯姆的心思，說：「你剛才覺得我很醜，對不對？」

湯姆羞愧地低下頭，連耳朵都紅了。

「我的確其貌不揚，而且是世界上最醜的仙女。在人們尚未改過自新之前，我還會一直醜下去。等人們全部向善時，我就會變得和我妹妹一樣漂亮了。她的名字叫做待善仙女，是世界上最漂亮的仙女。我們輪流工作，誰要是不聽她的勸戒，就得接受我的懲罰。好了，你們其他人去玩吧，湯姆留下來就行了。」

其他孩子一聽，立刻四散開來，一下子就不見蹤影。

「湯姆，我告訴你，每個星期五我都會到這裡來，處罰那些做壞事的人。星期日我妹妹待善仙女來的時候，也許你可以問問她如何當個好孩子。唉呀，我得離開了，下星期五再見！」

湯姆聽了懲惡仙女的話，決心做個好孩子，因此星期六一整天，他不再嚇唬螃蟹，也沒有對珊瑚蟲搔癢，更沒有把石頭塞進海葵的嘴裡。

星期日早晨，待善仙女果真來了。孩子們又叫又跳地歡迎她，湯姆也在一旁跟著起鬨。

待善仙女雖然和她的姐姐一樣高大，卻擁有一張溫柔、和藹的臉蛋，因此孩子們一見到她，便興奮地拉著她坐到岩石上。隨後，有的撲到她的懷裡，有的摟著她的脖子，有的趴在她的膝蓋上，有的則坐在她的腳邊。

待善仙女看見湯姆愣愣地站在那裡，於是親切地問：「可愛的小傢伙，你是誰呀？」

「他是新來的孩子，而且他從小就沒有媽媽。」其他水孩子爭先恐後地替湯姆回答。

「那麼我來做你的母親吧！」仙女說完後，輕輕將懷裡的水孩子放到地上，然後將湯姆抱在胸前，慈祥地吻了他一下，並用溫柔的語氣跟他說話。

湯姆目不轉睛地看著仙女的雙眼，不由自主地喜歡上了她。在仙女輕輕的搖晃下，他慢慢進入了夢鄉。

等湯姆醒來時，發現待善仙女正在為大家說故事。所有人都聽得津津有味，就連湯姆也不例外。仙女講完故事後，準備離開了，但孩子們紛紛抓著她的手，祈求她不要走。

「請你不要走。」湯姆懇求。

「對呀，再為我們說個故事吧！」其他孩子也跟著附和。

待善仙女為了滿足孩子們的願望，於是用溫柔的嗓音，講了另一個感動人心的故事。接著，仙女問湯姆：「你願意為了我，做一個好孩子嗎？」

湯姆用力點了點頭，然後說：「如果我做到了，你願意再擁抱我嗎？」

仙女露出一抹甜美的微笑，回答湯姆：「當然囉！其實，我好想把你帶在身旁，陪我聊天呢，可惜我不能這麼做。好了，我得走了，再見！」

從此之後，湯姆果真信守承諾，不再捉弄其他小動物了。

第六章　逍遙國的故事

上次懲惡仙女分發糖果時，湯姆沒有吃到，這一直讓他耿耿於懷。貪吃的他一直惦記著糖果，總是想著那位古怪的仙女什麼時候會再來發點心。

由於湯姆太渴望吃糖，因此他開始觀察仙女把點心放在哪裡。他偷偷摸摸地跟蹤仙女，終於發現美味的零嘴就放在一個鑲滿珍珠的漂亮箱子裡，箱子則藏在一個幽黑的石縫中。

一天晚上，等大家睡著之後，湯姆躡手躡腳地來到箱子旁。讓他感到意外的是，箱子竟然是打開的。原本滿心歡喜的湯姆見到這種情形，突然感到有點兒害怕，但是他仍抵擋不住糖果的誘惑，悄悄把手伸進箱子裡。

有人也許會問：為什麼仙女不把箱子鎖上呢？其實，仙女是給那些貪吃的人一個測試，並讓他們自己承擔後果，這個道理就跟大人為了讓孩子知道玩火的可

遙遠國的歷史
遙遠國是從勤勞國分出來的，
為這個國家的人只想整天悠閒地吹口琴

怕，而不阻止他們靠近火源一樣。

起初，他只想摸一摸那些點心，可是摸了一下後，他又想舔一口。後來他感受到甜甜的滋味後，又忍不住想吃一個。結果他吃了一顆糖果之後，情不自禁地繼續吃了第二塊、第三塊……最後，湯姆竟把所有的點心都吃光了！

然而在這段期間，懲惡仙女一直在旁邊注視著湯姆。她眉頭深鎖，後來乾脆摘下眼鏡，閉起眼睛，不願意再看下去。

隔天是星期五，湯姆仍舊和其他孩子一起排隊，等著領取懲惡仙女分發的點心。湯姆害怕極了，其實他根本不想來，可是萬一他缺席，會更加令人起疑。他緊緊盯著糖果箱，擔心要是大家看到裡面空空如也，會有多麼訝異，而且仙女肯定會一一質問每個孩子，到時候該怎麼辦呢？

過了一會兒，懲惡仙女打開了箱子，可是裡面卻依然有許多的點心！湯姆嚇得目瞪口呆，內心的恐懼又加深了一點。輪到湯姆領甜點時，懲惡仙女只是看了他一眼，然後把一份零嘴拿給他。

湯姆心想：「仙女一定沒有發現我做的事情。」他把糖果放進嘴裡，雖然味道甜滋滋的，他卻感到渾身不自在，忍不住趕緊逃離現場。接下來的日子，湯姆都悶悶不樂，脾氣也愈來愈暴躁。

下個星期五，湯姆仍舊得到一份點心，雖然他一點食慾也沒有，可是因為怕東窗事發，所以還是勉強把食物吞進肚子裡。

星期日，等待善仙女來時，湯姆也像其他孩子一樣擠到前面，要仙女給他溫暖的擁抱，可是仙女嚴肅地對他說：「我想抱抱你，但是我沒辦法，因為你的身上長滿了尖尖的刺呀！」

湯姆低頭看了看自己，果然渾身上下都是尖刺，簡直就像刺蝟一樣。這樣一來，大家就再也不想跟他玩耍，仙女也不會擁抱他了。湯姆想到這裡，忍不住躲到角落，傷心流淚。

接下來的一個星期，湯姆始終快樂不起來。當懲惡仙女把糖果發給他時，他忍不住把它們撒出去，然後大聲地說：「不，我再也不要吃糖果了！」

湯姆放聲大哭，並把偷點心的事一五一十地告訴仙女。他以為仙女一定會狠狠責罰自己，可是仙女不但沒有給予懲罰，反而摟了摟他，並親吻他的臉頰。

「孩子，我原諒你。」懲惡仙女慈祥地說：「只要犯錯的人主動對我說出真相，我一定會原諒他們的。」

「那麼，你能替我除掉這些尖刺嗎？」

「這些刺是你自己造成的，所以只有你能把它們弄掉。噢，

我想你該開始上學了。我去幫你找一位老師，他會教導你怎麼除去尖刺。」仙女說完後，就匆匆離開了。

一想到老師，湯姆就不由得感到害怕，因為他覺得老師肯定都隨身攜帶棍子或戒尺，以懲罰學生。可是當懲惡仙女把老師帶來時，湯姆卻發現對方是一位非常美麗的小女孩。

「這位就是湯姆，不管你是否願意，你都得把他教好。」仙女對女孩說。

「我知道。」女孩冷冷地回答，似乎非常不情願。

等仙女離開後，女孩一動也不動地站在原地，過了好久都不說話。湯姆發現對方不理睬他，於是嚎啕大哭，說：「求求你，快幫助我改過向善，並替我把身上的刺除掉吧！」

女孩看湯姆哭得這麼傷心，心一軟，開始耐心地教導他做人處事的道理，以及有關世界上的各種知識。她每天都替湯姆上課，只在星期日休息，由待善仙女代課。幾個星期後，湯姆身上的刺居然神奇地全部消失了。

「噢，我認出你了，你就是那個掃煙囪的孩子嘛！」女孩驚訝地說。

「我的天啊！」湯姆也在同一時間大叫：「原來，你就是哈特霍福莊園的那位小姑娘！」

湯姆興奮地跑到女孩面前，想張開雙臂擁抱她，但他想起對方是位高貴的小姐，於是立刻把手縮了回來。接下來，兩人開始訴說各自的經歷。湯姆講他如何進入水中，怎麼從上游來到大海；艾莉則告訴他自己從礁石摔下去，然後藉由水仙子的幫助，飛來這裡。

就這樣，艾莉日復一日地教導湯姆，不知不覺七年過去了。

雖然湯姆每天都過得很開心，但是他的心裡一直有個疑問：每個星期日，艾莉究竟都跑到哪裡去了呢？

有一天，湯姆終於忍不住詢問艾莉，對方回答他：「噢，那是一個很漂亮的地方！」

「我可以和你一起去嗎？」湯姆興奮地問。

「這你得問仙女才行。」

到了星期五，湯姆迫不及待地向懲惡仙女提起這件事。沒想到，仙女這麼對湯姆說：「誰要是想去那裡，就必須先到他不願意去的地方，然後做他不願意做的事，並幫助他不願意幫助的人。」

「難道艾莉做過那些事嗎？」

「你自己問她吧。」

艾莉臉紅了，她小聲地說：「是的，湯姆，起初我也不願意來這裡，而且那時候我很怕你，因為……」

「因為我渾身都是刺嗎？」

「沒錯，但是你現在沒有了。」艾莉接著說：「我現在很喜歡你，也喜歡來這裡替你上課。」

「或許你可以學學艾莉，去幫助那些自己不喜歡的人。」仙女說。

湯姆低下頭來，不發一語。

等待善仙女來時，湯姆又問了她同樣的問題，因為他覺得待善仙女會比懲惡仙女還要好說話。可是，仙女的回答居然和她的姐姐一模一樣。

湯姆感到非常沮喪，而且艾莉又到那個漂亮的地方去了，因此他難過得哭了一整天。當艾莉回來時，湯姆覺得有點害臊。他認為艾莉會看不起他，說他是個膽小鬼。艾莉並沒有多說什麼，只希望湯姆能夠像她一樣，努力去做自己不喜歡的事。沒想到湯姆聽了惱羞成怒，反而對艾莉凶了幾句。

艾莉既難過又生氣，卻拿湯姆沒辦法。

過了幾天，湯姆終於打破僵局，對艾莉說：「唉，我在這裡一點也不開心！我要走了，你要和我一起離開嗎？」

「噢！我也很想跟你走，可是仙女說過，要是你想離開，就得獨自離開。」艾莉接著說：「還有，你千萬不要再去招惹小動物，否則仙女又會懲罰你的。」

「我才不在乎她的懲罰呢！」湯姆差點就將這句話脫口說出，但是他沒有這麼做。

「我知道仙女要我做什麼。」湯姆一邊啜泣，一邊說：「她要我去找可怕的格里姆斯，可是我真的很不喜歡他。而且萬一格里姆斯看到我，一定又會把我抓回去掃煙囪。我不想再變成髒兮兮的小孩！」

「不會的，湯姆。只要水孩子表現良好，就沒有人能夠傷害他們，更無法把他們變成掃煙囪的小孩。」艾莉溫柔地說。

突然，湯姆像明白什麼似地大聲嚷嚷：「我知道了！你一直在勸我走，是因為你已經厭倦替我上課了，對不對？」

艾莉聽到這句話，不敢置信地瞪大雙眼，淚水在眼眶裡打轉。

「噢，湯姆，你怎麼會這麼想……」艾莉說到一半，突然焦急地大喊：「湯姆，你在哪裡？我看不見你！」

同一時間，湯姆也驚慌地喊著：「艾莉，你跑去哪裡了？」

雖然他們彼此看不見對方，但是湯姆聽得到艾莉正在呼喚他。不過沒多久，聲音就變得愈來愈小，最後什麼也聽不到了。

湯姆慌張地在石縫間游來游去，可是卻怎麼也沒看到艾莉的身影。他問遍了所有的水孩子，也沒有人知道艾莉去了哪裡。最後，湯姆絕望地游出水面，大聲呼喚懲惡仙女。過了一會兒，仙女就出現在他的面前。

「噢，我剛才對艾莉太凶，所以她消失不見了。」湯姆啜泣著說。

「你放心，她沒有不見。」仙女摸了摸湯姆的頭，說：「是我把她送到別的地方去了，她在這裡的工作已經結束了。」

湯姆一聽，傷心地哭了起來。

仙女將湯姆擁進懷裡，輕輕拍著他的背，溫柔地說：「不要哭，湯姆。你在這裡的學習已經告一個段落了，從現在開始，你必須到外面去闖一闖，自己獨立生活。不要害怕遇到困難，只要你做正確的事情，任何人都傷害不了你。」

「好吧。」湯姆把眼淚擦乾後，對仙女說：「不過我離開前，想再見艾莉最後一面。」

「你為什麼非見到她不可呢？」

「因為我想得到她的原諒。」

就在這時，艾莉忽然出現在湯姆的面前，甜甜地對他微笑，彷彿能夠再次見到湯姆是一件非常快樂的事情。

「艾莉，我要離開了。」湯姆依依不捨地說：「可是老實說，我一點也不願意離開這裡。」

「唉呀，你這個出爾反爾的壞孩子！」仙女氣呼呼地說：「你過來，我讓你看看只願意做自己喜歡做的事情的人會有什麼下場，到時候，你就會心甘情願地離開了！」

懲惡仙女從石縫間的櫃子上，抽出一本巨大而厚重的防水書，裡面充滿了各式各樣的奇怪照片。

仙女翻到第一頁，上面寫著幾個斗大的字：「逍遙國的歷史」，底下還有一行小小的字：「逍遙國是從勤勞國分出來的，因為這個國家的人只想整天悠閒地吹口琴。」

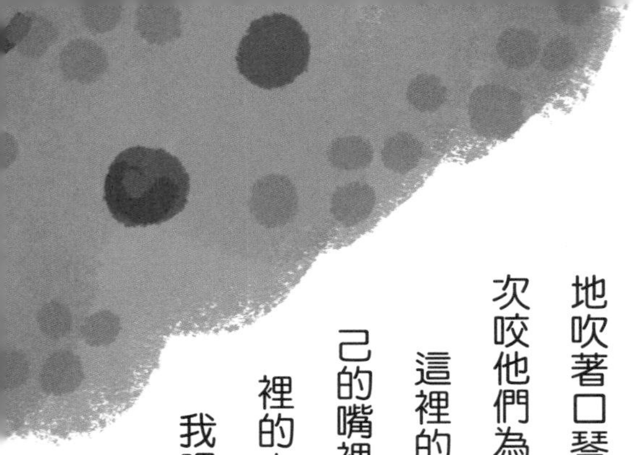

在第一張照片裡，他們看到逍遙國的人民無憂無慮地住在山腳下。他們懶得蓋房子，於是就住在山洞內，想洗澡時就直接跳進溫泉裡。這裡的氣候暖和，因此男人通常只戴著一頂尖帽、穿著簡單的罩衫。等涼爽的秋天來臨，有些沒那麼懶惰的女人就會製作冬衣來禦寒。

他們很喜歡音樂，可是又嫌學鋼琴和小提琴太麻煩。至於跳舞嘛，做起來又太費力了，所以他們就整天坐在螞蟻山上，慵懶地吹著口琴。如果有螞蟻咬他們，他們就起身換個位置，直到螞蟻再次咬他們為止。

這裡的人從不烹煮食物，他們都坐在懶果樹下，等成熟的果實掉進自己的嘴裡，不然就是坐在葡萄藤下，把葡萄汁擠進嘴巴。更誇張的是，這裡的小豬長大後，會先把自己烤熟，然後一邊跑，一邊大叫：「快來吃我吧！」而那些懶惰蟲只要張大嘴巴，等著小豬自動送上門就行了。

他們不需要武器，因為他們的國土周圍沒有任何敵人；他們也不需要工具，因為這裡的一切都是現成的。逍遙國的人民就這樣生活得相當快活。

「哇，這樣的日子真是太棒了！」湯姆陶醉地說。

「是嗎？」仙女瞥了一眼湯姆，然後問：「你有看見他們後方那座冒煙的大山嗎？」

「看到了。」

「那麼有看見附近的灰燼嗎？」

「有。」

「好，那你現在翻到五百年後，看看發生了什麼事。」

湯姆照著仙女的話去做，結果嚇得目瞪口呆。那座山像火藥桶一樣炸開了，有的人被炸飛到空中，有的人被火山灰活活掩埋，逍遙國的人口瞬間只剩下不到三分之一。

「你看，這就是住在火山的下場。」仙女語重心長地說。

「你為什麼不去警告他們呢？」艾莉問。

「我已經盡力了。我讓那座火山冒煙，還噴出許多火星和灰燼。可是他們就是不肯面對現實，還編出許多神話自欺欺人。他們說有個巨人住在地底，那些煙就是他吐出來的氣體，火星和灰燼則是他煮飯時不小心留下的。唉，面對這些打從心底不想改過自新的人，我也無能為力啊！」

仙女嘆了一口氣，接著往後翻了五百年。

存活下來的人民繼續住在火山上，一點也不想搬到別座山。雖然他們仍舊隨心所欲地過活，但日子明顯比以前辛苦多了。幾乎所有的懶果樹都被燒死了，小豬也被他們吃得一隻也不剩，自然無法生出更多小豬來填飽那些懶惰蟲的肚子，因此住在這裡的人只能靠挖樹根和撿堅果充飢。

有人提議種植玉米，就像他們之前在勤勞國做的那樣，但是大家早已忘記該如何犁田，而且當初帶來這裡的種子也早就吃光了，現在也沒有人願意離開這裡去尋找種子。他們的日子過得悽慘無比，許多小孩都餓死了。

「他們現在跟野蠻人沒兩樣。」湯姆指著照片說。

「對呀，而且變得好醜喔！」艾莉跟著附和。

仙女看了看兩個孩子，又往後翻了五百年。這時，逍遙國的人民全都住在樹上，大樹下則有許多獅子正在尋找獵物。

「天啊！」艾莉驚訝地大叫：「他們的人是不是被獅子吃掉啦？人口變得好少喔！」

「沒錯。」仙女點了點頭，然後說：「只有最強壯、最敏捷的人能夠爬到樹上，躲避獅子的攻擊。」

「哇，他們每個人都很強壯呢！」湯姆說。

「當然，因為姑娘們只願意嫁給能夠幫她們爬上樹的男子啊！」

仙女說完，再往後翻了五百年。這時的人民更少了，身體也變得更加強壯。此外，他們的腳非常發達，腳趾甚至可以像手指一樣張開來，緊緊抓住樹枝。

「怎麼會這樣呢？」兩個孩子疑惑地問。

「因為只有那些把腳用得和手一樣好的人，才能在大樹上靈活地行動呀！自然而然，他們的後代也都擁有了這項特質。」

「咦，他們其中一個人的身上有毛耶！」艾莉驚呼。

「這個人未來將會成為逍遙國的領袖呢！」

仙女一邊說，一邊往後翻，果然和她說得一模一樣。這時的氣候變得非常潮濕，只有長滿長毛的人才能生存下去。

仙女又往後翻了五百年，逍遙國的人數又更少了。

「你們看，有個人正在拔地上的東西吃呢！」艾莉驚訝地指著一張照片說：「而且他已經無法站直身子走路了。」

「天啊，他們簡直和猿猴沒兩樣嘛！」湯姆也叫出聲。

「你說得沒錯。」仙女搖了搖頭，說：「由於他們幾千年來都不動腦，因此已經完全無法思考，甚至失去溝通的能力。他們變得凶惡、殘暴，一見面就互相打架，彷彿森林裡的野獸。」

又過了五百年，逍遙國的人民一個也不剩，全部都成為野獸和獵人的盤中餐了。這就是逍遙國的結局。

湯姆和艾莉看完後，心情非常沉重。

「難道你不能讓他們不變成猿猴嗎？」兩個孩子問。

「唉，已經太遲了。」仙女搖搖頭說：「若他們當初能夠聽進我的勸告，做一些自己不喜歡的事情，就不會落得如此下場。可是他們不思悔改，時間過得愈久，他們就變得愈愚蠢，最後才變成了無法溝通的野獸。」

仙女闔上書本，繼續說：「任何事情都有正反兩面，可能會進步，也可能會退化。只有拓展視野，才能知道自己想成為怎樣的人。湯姆，如果你這次不下定決心到外面的世界闖蕩，說不定會退化成一隻水蜥呢！」

「天啊！」湯姆驚恐地大叫：「我現在立刻動身！」

「這才是勇敢的好孩子！」仙女欣慰地說：「不過，你得走好長一段路才能見到格里姆斯，因為他人在天外天。首先，你必須到光輝城，並穿越那道從未開啟過的城門，去面見住在和平池的慈善仙女。接著，仙女會指引你去天外天的路，然後你就能見到格里姆斯了。」

「可是我不知道該怎麼去光輝城呀！」湯姆大喊。

「小孩子必須自己學會解決問題，否則無法長大成人。你可以向海裡的動物或天上的鳥兒問路，只要你態度良好，牠們一定會告訴你的。」

「好吧，看來這條路將會十分漫長，我得趕緊動身了。再見！」湯姆一邊揮揮小手，一邊和大家道別。

「再見，湯姆！」艾莉依依不捨地說：「我會在這裡等你回來！」

第七章　前往光輝城

湯姆勇敢地踏上旅程，他向海裡的動物和天上的飛禽打聽前往光輝城的路，卻沒有一個人知道。為什麼會這樣呢？原來，湯姆所在的位置是南方，距離目的地還非常遙遠呢！

有一天，湯姆碰到了一艘豪華的大郵輪，船上高聳的煙囪冒出一縷縷黑煙。他想不透為什麼這艘船沒有帆，卻能夠航行？於是他游近船身，想找尋答案，正巧遇見了一群圍著郵輪跳躍的海豚。湯姆向牠們問路，可是仍一無所獲。

無奈之下，他只好繼續研究這艘船究竟是如何前進的。過了一會兒，他發現船底下有個螺旋槳，才了解這就是船往前的動力。他開心地在那裡玩了一整天，直到鼻子湊得太近，差一點被旋轉的葉片打中，才想到該動身了。

他從船邊游過去時，發現甲板上有許多水手和撐著洋傘的女人。不過他們並

沒有看見湯姆，因為大多數的人從不仔細觀察周遭的東西。

接著，湯姆看見一位美麗的婦人站在船尾的甲板上，她穿著黑色的喪服，懷裡抱著一個小嬰兒。婦人一面眺望遠處，一面輕輕唱著歌，她的歌聲十分溫柔，讓湯姆聽得如癡如醉。

婦人抱著孩子靠在欄杆上，讓他看看正在海裡跳躍的海豚，就在這時，那名嬰兒發現了湯姆。他朝湯姆笑了笑，然後不停擺動白白胖胖的小手，湯姆也笑著朝他揮了揮手。小嬰兒開心極了，在媽媽懷裡又踢又鬧，似乎想跳進海裡，與湯姆一同玩耍。

「小寶貝，你看見什麼啦？」婦人一邊柔聲地問，一邊順著孩子的視線望過去，終於發現在浪花中游泳的湯姆。

「天啊！」她嚇得發出一聲驚呼後，隨即恢復平靜，幽幽地說：「是水孩子吧？唉，也許大海是孩子們感到最快樂的地方。」

她向湯姆揮揮手，喊道：「我們可不可以跟你到水底去過寧靜的生活？」

這時，一位同樣穿著黑色喪服的老保母走了過來，她對婦人說了幾句話後，就把她拉進船艙。湯姆失望地向北游去，他望著郵輪遠去的背影，看著船上暈黃的燈光一盞盞地亮起，又一個個地熄滅。煙囪排出的黑煙愈來愈淡，最終什麼也看不見了。

日子一天天過去，湯姆持續賣力地朝北方前進。某天，他遇見了一條巨大的鯡魚王，於是連忙向牠打聽前往光輝城的路。

「小傢伙，如果我是你的話，我就會到獨孤礁去詢問那隻僅存的大海鴨。牠已經活得非常、非常久了，總是知道一些現在年輕人不清楚的事。」

湯姆又問鯡魚王該如何到獨孤礁，對方親切地為他指了指路。湯姆開心地向鯡魚王道謝後，正準備動身。

這時，鯡魚王突然叫住他，問道：「喂，你會飛嗎？」

「我從沒試過，怎麼了？」湯姆疑惑地問。

「記住，如果你會飛的話，千萬別在那位大海鴨面前提到！再見！」

湯姆照著鯡魚王指引的方向游了七天七夜，途中遇到了一大群的鱈魚。牠們隨著洋流，大口大口地把浮游生物吞進肚子裡。緊跟在後的是好幾百條的青鯊，牠們一看見鱈魚游出水面，立刻以迅雷不及掩耳的速度捕食，這就是平衡著世間萬物數量的生物鏈。

就在這時，湯姆發現了那位孤零零站在獨孤礁的大海鴨。牠是一位神氣十足的老太太，身高約一百公分。雖然牠已上了年紀，卻仍然把身體挺得筆直，彷彿是這片海域的首領。大海鴨身穿黑絲絨長袍，外面圍著白色圍裙，頭上戴著白色帽子，高高的鼻梁上還戴著一副白邊眼鏡，一看就知道牠出身名門望族。

牠沒有翅膀，只有一對長了毛的小胳膊，平時用來替自己搧風。大海鴨站在

那裡，不停唱著小時候聽過的古老歌曲。

湯姆畢恭畢敬地游到牠面前，微微鞠了個躬。

大海鴨一見到他，劈頭就問：「你有翅膀嗎？你會不會飛？」

湯姆想起鮭魚王的叮囑，於是恭敬地回答：「太太，我不會飛，身上也沒有翅膀，而且這種事我連想也沒有想過。」

「那我倒願意與你交談，小傢伙。現在要看到一個沒有翅膀的東西還真是困難，鳥兒們個個都想要有翅膀、渴望飛翔，就連那些新發明的鐵鳥也不例外。牠們認為有翅膀就能夠提高自身的價值，真是笑死人了！在我祖先的那個年代，沒有一隻鳥兒有翅膀，大家也照樣活得好好的。如今，所有的飛禽都嘲笑我，只因為我繼續保持著優良的老傳統。」

大海鴨滔滔不絕地說著自身的故事，湯姆連一句話也插不進去，直到牠講得口乾舌燥，累得上氣不接下氣，才終於停止了嘮叨絮語。湯姆趕緊逮住機會，問牠該怎麼前往光輝城。

「光輝城？還有誰比我更清楚？」大海鴨的話匣子又被打開了：「好幾千年前，我們全都住在光輝城。那裡的氣候宜人，非常適合大海鴨居住。後來有許多其他鳥類陸續搬來，讓環境變得很髒亂，加上獵人愈來愈喜歡獵殺我們、偷我們的蛋，以及把我們製成標本，逼得我們只好搬走。唉，你看看，現在大海鴨家族只剩下我一個人了，等我死了之後，就再也沒有人記得我們了。到了那時，這片海域就只剩下這塊獨孤礁了。」

「太太，您還沒告訴我去光輝城的路呀！」湯姆大叫。

「噢，你要離開啦？」大海鴨摸了摸下巴，然後說：「我想想看，到底該怎麼去那裡呢……唉，小傢伙，你還是去問問別的鳥兒吧，因為時間過了太久，我已經把去光輝城的路給忘光光啦！」

可憐的大海鴨說著說著，忍不住開始哭了起來。湯姆也很替牠感到難過，同時他也暗暗著急，心想：「到底該找誰問路才好呢？」

這時，一大群海燕從遠處飛了過來，牠們張開黑色的翅膀，在天空中盤旋飛舞，兩隻小腳優雅地縮在身後，互相親暱地打著招呼。湯姆彷彿看到救星一般，連忙揮手向海燕打招呼，並打聽前往光輝城的路。

「你要去光輝城？那麼你跟著我們走吧！我們是慈愛仙女的兒女，她派我們飛遍整個海洋，替那些迷路的鳥兒指引方向。」

湯姆高興得手舞足蹈，他向大海鴨道別後，就跟著海燕游走了。傷心的大海鴨繼續孤零零地站在獨孤礁上，一邊流淚，一邊唱歌。

湯姆巴不得立刻前往光輝城，可是海燕們卻告訴他，牠們得先到萬鳥山跟其他鳥兒會合，才會繼續前進。現在是炎熱的夏天，許多海鳥都會在這座山休息片刻後，飛到遙遠的北方繁衍後代，因此若是有要去光輝城的鳥兒，海燕就能夠一起為大家帶路。

不過，海燕警告湯姆，千萬不能洩漏萬鳥山的地點，否則獵人就會到那裡射殺無辜的飛禽，並把牠們製成標本，放進愚蠢的博物館裡。湯姆對海燕拍胸脯保證，自己絕對不會走漏任何消息。

不久，從各地飛來的海鳥開始在萬鳥山聚集，成千上萬隻鳥兒就像一朵朵的烏雲，把太陽給遮住了。牠們有的在沙灘上踱步，有的戲水，有的洗沙浴，有的梳理羽毛，到處都是鳥兒們嘰嘰喳喳的招呼聲。

海燕們一一詢問，看看有沒有哪隻鳥準備去光輝城。有的鳥兒要去挪威，有的去冰島，有的去格陵蘭島，有的去極地，就是沒有一隻去光輝城。這時，海燕突然想起得去一趟詹恩島，可是善良的牠們不忍心丟下湯姆一個人不管，於是只好順路帶他到那座小島，接下來他就只能自己想辦法了。

決定好傳宗接代的地點之後，所有的鳥兒排成一列，各自朝北方、東北方和西北方飛去。牠們一邊飛，一邊不忘為同伴們加油打氣。

湯姆跟著海燕朝東北方走，愈往北方，風勢愈強勁，最後簡直分不清哪裡是天，哪裡是海了。不過，海燕和湯姆毫不在意，因為風是從背後吹來的，所以他們能夠像飛魚一樣俐落地從洶湧的浪尖上掠過。

路途中，海燕和湯姆看見了一艘幾乎快沉進水裡的大船，空蕩蕩的甲板上到處都是積水，煙囪和桅杆全倒在水裡，船上一個人影也沒有。

海燕飛到欄杆旁，難過地嗚叫。湯姆爬上船，想看看是否還有人生存。忽然間，他發現旗桿旁繫著一個搖籃，裡面躺著一名小嬰兒。湯姆一眼就認出來，這就是他之前看過的那個孩子。他朝搖籃走去，想把嬰兒喚醒，沒想到一隻小狗突然從搖籃後方竄了出來，對著湯姆狂吠。

湯姆一心想救那名嬰兒，因此衝向前去，和那隻狗打了起來。當他們鬥得難分難解時，一陣大浪突然撲過來，將他們雙雙捲入海裡。

「啊！嬰兒呢？」湯姆焦急地大喊。

不過，他很快就放心了，因為他看到仙女們從水底浮上來，輕輕抱著搖籃，而那名嬰兒仍甜甜地睡著。看來，仙女島又要多一名水孩子了。

至於那隻小狗呢？牠落水

後，慌亂地划動小短腿，並嗆了好幾口水。牠咳了一陣子，皮膚竟然裂開來，從裡面蹦出一隻水狗。牠不斷搖著尾巴，緊緊跟在湯姆的身邊，成為他旅途的忠實夥伴。

湯姆、小狗和海燕繼續往前走，終於看見詹恩島上那座高聳入雲的山峰。在那裡，他們發現一大群海鷗正在啄食一隻死鯨魚。

「小傢伙，接下來得由這些海鷗為你們帶路了。」海燕說完後，轉身向海鷗們打招呼，可是牠們為了食物爭得你死我活，根本不理睬海燕。

「夠了，你們這些貪婪又懶惰的愚蠢傢伙！」海燕大喊：「這個孩子要去光輝城，要是你們不帶他到那裡，慈愛仙女可是會生氣的喔！」

「我們是很貪吃，但是一點也不懶！」一隻肥胖的老海鷗回嘴：「至於你罵我們愚蠢，我看你們也半斤八兩。總之，先讓我來瞧瞧這個小傢伙吧！」

牠湊到湯姆眼前，仔仔細細地端詳了他一番，然後詢問了一些問題，例如：他從哪裡來的？一路上經過了哪些地方？

湯姆一五一十地回答後，老海鷗顯得很高興，並直誇他是個勇敢的孩子，竟然能跑到這麼遠的地方來。

「來吧，夥伴們！」老海鷗呼朋引伴道：「我們今天的肉也吃得夠多了，就花點時間來幫幫這個小傢伙吧！」

於是，海鷗把他們放到背上，開始飛行。過沒幾日，他們就來到了北極圈附近。湯姆透過層層雲霧和飛雪，隱約瞧見了光輝城的輪廓。海鷗們不畏艱辛地冒著大風雪，帶著湯姆和小狗飛過浮冰和冰山，將他們安全地放在光輝城外。

「城門在哪裡？」湯姆問。

「這裡沒有城門。」海鷗回答。

「沒有城門？」湯姆大叫。

「是的，就連一條縫隙也沒有。」

「那麼我該怎麼辦呢？」

「你只能跳進水裡，從浮冰下面游進去。不過，這需要非常大的勇氣。」

「走了這麼遠的路才到達這裡，我絕不半途而廢！」湯姆大聲地說：「我現在立刻下水！」

「好樣的，小夥子！」海鷗讚嘆：「祝你一路順風，再見！」

湯姆和海鷗們告別後，帶著小狗跳進水裡。他在漆黑的海底下摸索前進，冰冷的海水凍得他瑟瑟發抖，但是他毫不退縮。整整游了七天七夜以後，湯姆終於看見頭頂上方出現了亮光，海水也變得清澈又暖和，於是連忙浮出水面，想看看自己身在何處。

這裡是個非常大的水池，放眼望去幾乎看不見對岸。池子四周聳立著高高的冰峰，有的像尖塔，有的像堡壘，有的像城牆。這些冰山上居住著許多位冰雪仙女，她們負責驅散烏雲和風暴，讓這裡始終維持著四季如春的宜人氣候。

善良的鯨魚們慵懶地躺在池子裡，享受溫暖的陽光。這些鯨魚包括長鬚鯨、鰭鯨、豚鯨和渾身長滿斑點的獨角鯨。不過，抹香鯨並不在這裡，因為牠們逞凶好鬥，若慈愛仙女讓牠們待在水池裡，恐怕會一刻也不得安寧，所以就將這群桀敖不馴的鯨魚送到遙遠的南極去了。

鯨魚們安靜地躺著，背影彷彿一艘艘黑色的大船。有時牠們會從鼻孔噴出一道道像噴泉那樣的水氣，有時則張大嘴巴，等待一群群的浮游生物自投羅網。鯨魚們在這裡非常安全，不僅不用擔心其他凶猛海底生物的攻擊，更不必為了捕鯨人的獵殺而擔驚受怕。牠們只需要慢慢等待慈愛仙女的召喚，然後蛻變成另一種全新的樣貌。

湯姆游向離他最近的一隻獨角鯨，問牠慈愛仙女在哪裡。

「她就坐在池子中央。」鯨魚回答。

湯姆朝獨角鯨的視線望過去，可是那裡除了一座高大的冰山之外，什麼也沒有，於是忍不住懷疑鯨魚是不是說錯了。

「那就是慈愛仙女。」鯨魚肯定地說：「你走到冰山的面前，就會明白了。她每天都坐在那裡，忙著把舊動物變成新動物。」

「她是怎麼辦到的呢？」湯姆好奇地問。

「我也不清楚，你自己問她吧！」鯨魚說完後，打了個大大的呵欠。在那一瞬間，許多各式各樣的浮游生物抵擋不住強大的吸力，紛紛被吸進鯨魚的大嘴巴裡。有的動物在這場混亂中，還匆忙地向親朋好友道別呢！

湯姆見到這種情景，認真地問獨角鯨：「她是不是把像你這麼大的鯨魚切成碎片，然後變成一群小海豚？」

獨角鯨冷不防被湯姆的這番話逗得哈哈大笑，把剛才吸進去的小生物全都噴了出來。那些得救的動物們高興得大聲呼喊：「萬歲！」然後紛紛趕緊從大鯨魚的吸力範圍內游走。

湯姆游近水池中央，果真發現冰山上坐著一位白髮蒼蒼的老太太，而且她的寶座底下，不斷游出成千上萬、五彩繽紛的生物。這些東西就是慈愛仙女費盡苦心製作而成的新動物。

湯姆原本以為仙女創造生物時，會像人類製作產品那樣忙著丈量尺寸、忙著剪裁布匹、忙著挑選材料，沒想到她卻只是單手撐著頭，一動也不動地坐在冰山上，湛藍的大眼睛專心地注視著水面。

當她看見湯姆時，臉上露出了和藹的笑容。

「可愛的小傢伙，你來這裡做什麼呀？我好久沒看到水孩子了呢！」

湯姆將自己的任務告訴仙女，並請她指引前往天外天的路。

「天外天？你應該知道呀，因為你已經去過那裡了。」

「真的嗎？我怎麼一點印象也沒有？」湯姆驚呼。

「那你好好看著我。」

湯姆照著仙女的話去做，剎那間，所有的回憶全都湧進他的腦海裡。

「老婆婆，謝謝您！」湯姆開心地說：「那麼我就不打擾您了，我聽說您非常忙碌呢！」

「沒錯，這陣子我確實比較忙。」仙女雖然這麼說，卻仍然維持著原本的姿勢，甚至連手指頭也沒有動一下。

「聽說您忙著把舊動物變成新動物？」

「小傢伙，你只說對了一半。」仙女微笑著說：「其實，我只是坐在這裡，讓動物們自我蛻變罷了。」

「噢，這真是個聰明的方法！」湯姆讚嘆。

仙女慈祥地看著湯姆，柔聲地問：「孩子，你還記得怎麼去天外天嗎？」

湯姆努力地翻找記憶，卻怎麼也想不起來，只好尷尬地聳了聳肩膀。

「那是因為你把目光從我身上移開的緣故。」

湯姆聽了仙女的話，立刻專注地盯著她，果然記憶又回到了腦袋。可是他一別過頭，馬上又把路線忘得一乾二淨。

「我該怎麼辦才好呢？總不能一直叫我盯著您啊！」湯姆焦急地問。

「嗯……」仙女思考了一下，說：「你可以跟著這隻狗走，

因為牠知道天外天的路，而且不會忘記。另外，你在那裡可能會遇見一些脾氣古怪的人，如果沒有我給的護照，他們絕不會放你通行。喏，這本護照給你，你把它掛在脖子上，免得弄丟了。對了，由於狗總是走在你身後，所以你必須倒著走。」

「倒著走？那我就看不到路啦！」湯姆大叫。

「恰恰相反。」仙女微笑著說：「如果你往前看，反而容易迷失方向；但要是你倒著走，仔細留意周遭的動靜，觀察狗兒的動向，你就會像照鏡子一樣知道該如何繼續走下去。」

湯姆雖然十分訝異，但仍舊選擇相信慈愛仙女所說的話，因為根據他過往的經驗，聽從仙女的指示絕不會出錯。

第八章 天外天

湯姆一離開水池，身後就跟來了一大群人，有的是魔術師，有的從事特技表演，他們一個個都朝著湯姆高聲大喊：「往前看！往前看！我們會提供你史上最精采的節目，千萬別錯過了啊！」

幸好湯姆並沒有被這些人吸引，他謹遵慈愛仙女的指示，專注地盯著小狗，連頭也沒有回一下。一路上，湯姆沒有走錯一步路，甚至還看到了許多不可思議的奇景。

幾天後，湯姆和小狗來到了一處白色的海底。大海的母親整天在這裡製造岩漿，並交由蒸氣巨人搓揉、火焰巨人烘烤，使岩漿變成硬邦邦的麵包和鬆軟的蛋糕。這些麵包一浮出水面就變成了高山，蛋糕則成為海島。有一次，湯姆不小心滾進岩漿裡，差一點變成水孩子化石呢！

禁止
帶玩

告別大海的母親之後，湯姆繼續跟著小狗，走在白色的海底。突然，他聽到一陣轟隆隆的聲音，彷彿世界上所有的機器正同時運轉著。湯姆好奇地往前走了幾步，發現海水變得十分滾燙且混濁。他的腳底下布滿了死貝殼、死魚和死海豹，牠們都是被海水燙死的。

接著，湯姆碰到了一條非常巨大的死海蛇，由於牠的身體太粗了，湯姆想翻也翻不過去，只好繞了一大圈。等他們回到原本的路徑時，卻看見前方有個「禁止通行」的告示牌。湯姆立刻停下腳步，觀察四周，才發現原來他正站在一個大洞穴的邊緣，洞口還不時噴出熱呼呼的蒸氣。

當湯姆好奇地朝洞裡張望時，鼻子卻冷不防被一顆石子打中，嚇得後退好幾步。原來洞穴的蒸氣往上噴時爆發力太大，把洞壁沖壞了。蒸氣夾雜泥漿、沙石和灰塵高高衝了出去，然後又重重落了下來，很快就將那些死掉的魚蝦掩埋起來。不

到五分鐘，湯姆就發現泥沙已經蓋過了他的腳踝，他焦急地想著，要是他和小狗再不趕緊離開這裡，恐怕就要被活埋了！

正當湯姆努力想辦法脫身時，地面突然開始震動，接著一股蒸氣衝了出來，將他往上拋到一公里高的地方。湯姆嚇壞了，不停大聲尖叫。沒多久，他聽見了一個奇怪的聲音，然後發現自己竟然奇蹟似地停了下來。

原來，湯姆的腳被一個長得非常奇特的怪物給緊緊纏住了。

那個怪物的身上有數不清的翅膀，每一個翅膀都有風車葉子那麼大，而且當它們張開來的時候，也會像風車轉動那樣形

成一個大圓圈，怪物就靠著這些翅膀盤旋在蒸氣上面。除此之外，牠的每一個翅膀下面都長著一條腿，鼻孔就長在腳跟上，腿的末端還有彎彎的爪子，身體中間只有一個眼睛和一張大嘴巴。

「你想做什麼？」怪物一邊大聲咆哮，一邊想把湯姆甩開，可是他緊抓著怪物的腳不放，覺得這樣比較安全。

湯姆向怪物自我介紹，並告訴牠自己來這裡的任務。怪物瞥了他一眼，輕蔑地說：「哼，你休想騙我，你應該也是來這裡偷金子的吧！」

「金子？什麼是金子？」

湯姆搔了搔腦袋，不懂怪物所說的話，但是過了一會兒，他漸漸明白了。原來，當蒸氣從洞穴噴出來時，怪物便會用鼻子去聞一聞，然後用爪子去翻找。這樣一來，那些蒸氣碰到牠的翅膀時，就會凝結成一陣陣的金屬雨，裡頭的金屬包括金、銀、銅、錫等。那些金屬一接觸到地上的泥漿，立刻變成了堅硬的石頭，這就是為什麼石頭中含有金屬的原因。

突然，蒸氣像被人關掉似地不再往外冒。過了幾秒，大量的海水瞬間湧進洞穴裡，形成巨大的漩渦，怪物被這股力量帶得團團轉，簡直就像個陀螺。

不過，怪物對這件事早就習以為常，因此牠一派輕鬆地對湯姆說：「喂，小傢伙，如果你說的都是事實，那就跳進那個洞裡！」

「沒問題！」湯姆說完，毫不猶豫地往下跳，小狗也緊跟在後。他們像鮭魚那樣在急流裡拚命地向前游。出了洞底後，湯姆發現他們已經安全地被沖到天外天的海灘。

湯姆跟著小狗往內陸走去，不久來到了一座城鎮。這裡的人十分熱心，他們一看到湯姆，馬上圍攏過來，爭先恐後地想為他指路。說也奇怪，那些人居然沒有問湯姆要去哪裡呢！

一下子這個人把湯姆拉到旁邊，一下子那個人對湯姆竊竊私語，第三個人則跟著起鬨，大叫：「先生，你絕對不能去西方，那裡只有死路一條！」

「可是，我並沒有要到西方啊！」湯姆沒好氣地說。

「孩子，東方是在這個方向，肯定錯不了。」另一個人說。

「唉，我也沒有要去東方。」湯姆無奈地回答。

「唉呀，總之不管你走哪一條路，你的方向都是錯的！」那些愛管閒事的傢伙異口同聲地對著湯姆大喊。

湯姆被他們不停糾纏，臉色愈來愈難看。幸虧小狗注意到主人的異樣，護主心切的牠立刻衝上前咬住其中一人的小腿肚。那人痛得哇哇大叫，馬上跑得不見蹤影，其他人見狀，也都紛紛四散離開了。

接著，他們來到聰明人居住的格拉姆城。傳說這裡的人看見月亮掉進水裡，便不顧一切想把月亮撈起來占為己有；還曾在杜鵑鳥的四周築了一圈圍籬，想把春天永遠留住。

現在，湯姆看見那些聰明人正忙著修葺城門，因為他們擔心城門太寬，矮小的人會沒辦法走進來。湯姆真想告訴他們，要是小貓不願意走大貓洞的話，就只能活該留在外頭挨餓受凍。

湯姆和小狗離開格拉姆城後，來到一座大頭娃娃島。這裡的人沒有身體，只有一顆大大的腦袋。湯姆在遠處就聽見咿咿呀呀的啼哭聲，他原以為是小豬在哀號，沒想到仔細一聽，才發現是小孩在唱歌。

他們傷心地反覆唱著兩句歌詞：

我不會寫作業，可是大考官就要來了！

湯姆上岸後，首先看到了一塊寫著「禁止帶玩具」的大立牌。他想這裡肯定是個無趣的地方，於是想瞧瞧這裡的居民長什麼樣子。湯姆尋遍每個地方，可是連一個人影也沒找到，只發現了一些大小不一的蘿蔔。

島上的蘿蔔大多數都已裂開腐爛，周圍長滿灰灰的黴菌。那些比較完好的蘿蔔一看見湯姆，紛紛哭著向他求助。

「我不會做功課，快來幫幫我呀！」其中一個蘿蔔大喊。

「我該怎麼幫你呢？」湯姆疑惑地問。那些蘿蔔也答不出來，只知道可怕的大考官就要來了。

湯姆無可奈何地搔搔頭，正想準備離開時，不小心踩到了一個又大又軟的蘿蔔，於是連忙向對方道歉。

大蘿蔔親切地說：「沒關係，不過，你能不能告訴我一些你喜歡的事情？」

「為什麼？」湯姆不解地問。

「因為我雖然學得快，但忘得也快，因此我媽媽說我不適合學科學知識，還是學日常知識會比較好。」

「可是，我不知道什麼是日常知識。」過了一會兒，湯姆靈機一動，說：「這樣好了，我來告訴你我經歷的所見所聞吧！」

於是湯姆開始滔滔不絕地說著一路上的奇聞軼事，可憐的大蘿蔔專心聽著，

可是它聽得愈多，忘得也愈多，身上還不停流出水來。

湯姆以為大蘿蔔是在流眼淚，完全沒想到它是因為用腦過度，消耗太多體力的緣故。就在湯姆繼續講著他的故事時，大蘿蔔砰地一聲裂開來了，圓滾滾的身體開始慢慢萎縮，最後只剩下一層皮和一點點水分。湯姆見狀，嚇得拔腿就跑，因為他怕別人誤會自己把大蘿蔔害死了。

這一切讓湯姆感到十分困惑又害怕，他好想找個人來問一問這究竟是怎麼一回事。湯姆往前走了一陣子，碰到了一根舊拐杖，雖然它看起來歷經風霜，而且有一半的身子埋在土裡，但是模樣還是相當有威嚴。湯姆見機不可失，於是連忙向它打聽消息。

「唉，當初這裡也有許多可愛的孩子啊！」舊拐杖嘆了一口氣，說：「一切都要怪那些愚蠢的父母，他們不允許自己的孩子和普通孩子一樣去摘野花、玩泥巴、學爬樹等，

反而逼著孩子們做功課。可憐的孩子們從星期一上到星期六，甚至星期日還得去上才藝課！他們每周都有周考，每月都有月考，每年還有會考。為了考試，他們每門科目都得學七遍，彷彿少學一遍，成效就會大打折扣似的。結果孩子們的身體變得愈來愈小，頭卻長得愈來愈大，最後全變成了蘿蔔，肚子裡除了水之外，什麼也沒有。」

「噢，要是待善仙女知道這裡的情況，一定會給孩子們送來許多玩具。」湯姆難過地說。

「來不及了。」舊拐杖搖搖頭說：「他們現在即使想玩也玩不了，難道你沒發現那些孩子為了讀書長期久坐，雙腿都已經變成根，伸進地底了嗎？現在那個大考官就要來了，我勸你和小狗趕緊離開吧！要不然，他不僅會出考題給你們兩個，還會派你們去考別人。任何人只要被他逮到，就很難逃出他的手掌心！」

湯姆向舊拐杖道別後，並沒有快速離開，因為他想多待一會兒，瞧瞧那位惡名昭彰的大考官究竟長什麼樣子。

這時，一位身材魁梧的男人正朝蘿蔔田大步走來，他背著許多書包，並且一邊走，一邊將這些沉甸甸的書包放在蘿蔔身上。原來，他就是大考官。

大考官一看見湯姆和小狗，立刻凶巴巴地朝他們大喊：「喂，你們在那裡做什麼？還不快過來考試！」

湯姆見狀，立刻嚇得拔腿就跑。那些可憐的蘿蔔一見到大考官，個個又急又怕，不停反覆背誦大考官發放的資料，可是蘿蔔們實在無法負荷，最後居然一個個爆開來，把大考官炸到天上去了。

後來湯姆來到了胡說八道國，才剛踏入國境沒多久，就看見一個小男孩傷心地坐在街道上哇哇大哭。

「你怎麼了？」湯姆關心地問。

「我想要害怕，可是卻做不到。」小男孩一邊啜泣，一邊回答。

「噢，你真是個奇怪的小傢伙。既然如此，那麼你看……哇！」湯姆說完，立刻扮了個可怕的鬼臉。

「謝謝你的好意，可是我覺得一點也不可怕。」小男孩無奈地說。

湯姆又威脅小男孩說要揍他、踢他的肚子、用磚塊砸他的腦袋等，但是小男孩無動於衷，仍然坐在地上嚎啕大哭。

過了一會兒，男孩的父母趕了過來。他們和湯姆打過招呼後，溫柔地對孩子說：「小寶貝，巫師等一下就會來治好你的病囉！」

沒多久，果真有個巫師搖搖擺擺地朝小男孩走來，手裡還拿著一個法術箱。他的個子不高，身材有點臃腫，乍看之下有點像格里姆斯。那名巫師說話時，嘴裡會不斷噴出火和煙，彷彿一隻噴火龍；打噴嚏時，會發出類似劈里啪啦的鞭炮聲；罵人的時候，嘴巴會吐出滾燙的瀝青。

「小朋友，別擔心，等一下我就讓你學會害怕。哎呀呀，嗶啦啦，碰！」

巫師拚命地高舉著法術箱，不停揮舞。他一下子大聲亂喊、胡言亂語，一下子手舞足蹈、高聲歌唱，看起來簡直就像是走火入魔。接著他按下法術箱的小機

關，裡頭瞬間彈出許多青面獠牙的大頭鬼、舌頭伸到胸前的殭屍、紙糊的妖怪和飛來飛去的吸血蝙蝠。男孩見狀，立刻嚇得暈了過去。

男孩的父母欣喜若狂，立刻跪在巫師面前，請他坐上一頂特別訂製的轎子。這頂轎子非常豪華，抬槓是用銀製成的，窗簾則是用金絲編織而成。等巫師坐上去後，男孩的父母便親自抬轎，不料他們的手一碰到轎子，就緊緊黏在上面，再也拿不下來了。

原來，這對父母做了太多蠢事，

所以才被懲惡仙女罰抬轎，不管他們是否願意，都得一直抬下去，直到悔過自新為止。

「喂，小傢伙！」巫師露出一抹邪惡的微笑，對湯姆說：「你要不要也體驗看看驚嚇的滋味？我看得出來你是個調皮搗蛋的壞孩子。」

「哼，你才是！」湯姆大膽地回嘴。

巫師生氣地衝到湯姆的面前，然後大聲喊叫，試圖嚇一嚇他。沒想到，湯姆也不甘示弱地回嚇對方，同時命令小狗去咬巫師。狗兒接到指示後，立刻撲向巫師的大腿，狠狠地咬了下去。

被反將一軍的巫師趕緊抱著法術箱逃命，沿途還大聲哭喊：「救命呀！救命呀！這個小男孩要殺死我啦！他想毀了我的法術箱，這樣一來，胡說八道國就沒有好日子過啦！來人，快點來救救我呀！」

聽到巫師的喊叫聲，胡說八道國裡的所有人都匆匆跑過來追趕湯姆。他們一邊跑，一邊大叫：「唉唷，你這個厚臉皮又不知廉恥的壞孩子！大夥兒，我們快點用繩子勒死他，然後將他燒成灰燼！」

不過，這些人卻怎麼也找不到能夠傷害湯姆的東西，因為水仙子們已經偷偷把武器都藏起來了。胡說八道國的人只好對湯姆扔石子，有幾顆石頭從他的身體穿了過去，可是湯姆是個水孩子，因此絲毫感受不到一點疼痛，身上的傷口也很快就癒合了。

湯姆逃離那群人的魔掌之後，來到了一個非常寧靜的小島，叫做「與世隔絕國」。在這裡，太陽把海水提煉出來，變成蒸氣紗，再由風兒織成美麗的雲錦，然後賣給女子做為婚禮用的頭紗。

善良的大海老人從不抱怨，因為他知道所有的一切都將會有回報。於是大海提供原料、太陽紡紗、風兒織布，這座巨大的紡織機就這樣順利地運作著。

第九章　幫助格里姆斯

遊歷了許多不可思議的奇怪國家之後，湯姆終於在地平線的盡頭看見一棟巨大的建築物。他慢慢朝著房子走過去，內心有種古怪的感覺，總覺得自己彷彿能在這裡找到格里姆斯。

就在這時，三、四個人從遠處跑了過來，嘴裡還不斷大喊：「站住！」

等它們靠近時，湯姆才發現原來是警察手裡握著的那種警棍。它們既沒有胳膊，也沒有腿，身上只有一顆眼睛，頭頂上長著橡皮圈。雖然它們的模樣非常奇特，但湯姆早已見怪不怪，因此只是冷靜地站在原地。

站在最前面的警棍問湯姆來這裡做什麼，湯姆便給對方看了看慈愛仙女給他的護照。警棍恪守職責，仔細地審閱了一番。它檢查護照的模樣十分古怪，因為它只有一隻眼睛，身體又是僵硬的，所以看東西時只能把身子往前傾，最不可思

344
345
346
347

議的是它居然並不會失去平衡而跌倒。

說也奇怪，護照被警棍檢查過後，竟然瞬間消失得無影無蹤。原來，那本護照只能使用一次，下次若想再來，就得再去慈愛仙女那裡取得護照。

過了好一會兒，警棍總算開口：「好了，你可以過去了。」

想不到下一秒，它又改口說：「唉呀，我還是和你一起去好了！」

湯姆完全不反對這個提議，因為有警棍的護送真是既安全又體面。

「為什麼沒有警察帶著你們呢？」湯姆疑惑地問。

「因為我們和凡間的警棍不同。那些愚蠢的棍子需要有個人帶著它們，否則就動不了；我們則是獨立完成工作，而且做得很好。」警棍驕傲地回答。

「為什麼你的頭上有個橡皮圈呢？」

「那是我們下班時把自己掛起來用的。」

湯姆解開心中的疑問後，安靜地跟著警棍，來到監獄的大鐵門前。這時，警棍用自己的頭撞了撞門。

突然，鐵門上的一個小洞打開了，一把黃銅製的短槍從裡面探出頭來，凶巴巴地看著他們，原來這就是典獄長。

「這個人犯下什麼案子？」典獄長用低沉的聲音問。

「報告典獄長，他不是罪犯，是從慈愛仙女那裡來的。這個小夥子想見見掃煙囪的格里姆斯。」警棍畢恭畢敬地回答。

「格里姆斯？」典獄長把頭縮了回去，似乎在查閱囚犯名單。過了一會兒，他又探出頭，說：「格里姆斯在第三百四十五號煙囪上面，這位先生最好從屋頂走過去。」

湯姆望了望那堵高大的牆，目測至少有九十英里高。正當他思索著該如何上去時，警棍似乎看出了他的煩惱，於是快步走到他的身後使勁一頂，將湯

姆和他懷裡的小狗推上了屋頂。

湯姆向警棍道謝後，沿著屋頂上的鉛板往前走，途中又碰見了另一根警棍，於是連忙告訴它自己來這裡的目的。

「好，你跟我來。」警棍說：「不過，恐怕你是白費力氣了，因為格里姆斯是所有罪犯中最不知悔改的傢伙！他心腸狠毒、滿嘴髒話，整天只想抽菸和喝啤酒，而這些行為在這裡都是不被允許的。」

他們沿著鉛板前進，地上到處都是煤灰，湯姆暗自想著：「這裡肯定很久沒有打掃了。」

說也奇怪，那些煤灰既沒有沾在湯姆的腳上，也沒有把他弄髒，散落在地上的煤塊也絲毫沒有將他燙傷。其實，這是因為湯姆是個水孩子，體質本就又濕又冷，所以才會免於受到火的傷害。

他們走了好久，總算來到第三百四十五號煙囪前。格里姆斯就卡在煙囪裡，動彈不得，只剩下頭部和肩膀露在外面，臉上全都是髒兮兮的煤灰，簡直讓湯姆不敢直視。格里姆斯雖然已淪落到這步田地，但還是拚命企圖點燃嘴裡的菸斗，想好好享受吞雲吐霧的樂趣。

「格里姆斯，有人來看你了。」警棍說。

可是格里姆斯完全不理睬它，只是不停大聲抱怨：「我沒辦法點燃菸斗！我沒辦法點燃菸斗！」

「守規矩點！」警棍說完後立刻跳起來，狠狠用自己的身體對著格里姆斯的腦袋敲了一下，使得他的腦袋裡嗡嗡作響。

格里姆斯想揉一揉被打的地方，可是他的雙手卡在煙囪裡一動也不能動，只好乖乖聽話。這時，他終於注意到湯姆了。

「唉唷！」格里姆斯怒吼：「這不是湯姆嗎？你這個討厭的小鬼頭，一定是來嘲笑我的吧？」

湯姆趕緊替自己辯解，並告訴格里姆斯自己是來幫助他的。

「哼，如果你是真心的，那就替我拿來兩罐啤酒，順便幫我把菸斗點燃！」

格里姆斯忿忿地說。

「好，我立刻去辦！」湯姆說完後，趕緊從地上撿起一塊燒紅的煤炭，試圖替格里姆斯點燃菸斗，可是每當快成功時，菸斗都會迅速熄滅。

「沒有用的。」警棍將身體倚在格里姆斯的煙囪上，冷眼旁觀地說：「他的心太冷了，任何東西靠近他都會自動結冰。」

「對，一切都是我的錯！」格里姆斯凶巴巴地對警棍說：「要知道，如果我的雙手能夠自由活動，你絕對不敢打我的！」

警棍冷冷地看著格里姆斯，絲毫不在意他的言語侮辱，簡直就像是一位訓練有素的警察。它不會用私人恩怨來判斷一個人的好壞，可是只要有人違反法律、破壞社會秩序，它就會給那人一點顏色瞧瞧。

「請問我能把他從煙囪裡拉出來嗎？」湯姆問警棍。

「不行！」警棍嚴厲地回答：「他今天會變成這樣，完全就是自作自受，只有他自己才能幫助自己。」

「所以一切都是我的錯囉？」格里姆斯大吼：「是我自願到監獄來的嗎？是我自願去打掃髒兮兮的煙囪，卻被厚厚的煤灰卡得無法動彈的嗎？是我自願待在這裡的嗎？我都不清楚自己究竟在這裡待了多久，不過我相信肯定有一百年了！我在這裡過著生不如死的生活，既不能喝酒，也無法抽菸，這一切難道都是我自願的嗎？」

就在這時，湯姆的身後傳來了一個嚴肅的聲音，說：「當然不是！不過，難道湯姆是自願那樣被你對待的嗎？」

原來，說話的人正是懲惡仙女。

警棍一看見仙女，立刻挺直身體，向她打招呼。湯姆看到許久不見的仙女，也開心地朝她鞠了個躬。

「噢，請別再提這些往事了。」湯姆擔憂地說：「不管好日子還是壞日子，一切都會過去的。現在，我可以幫助不幸的格里姆斯嗎？我能不能幫他把手伸出來，活絡一下筋骨呢？」

「你可以試試看。」仙女微笑著說。

湯姆費盡九牛二虎之力，想把格里姆斯的手拉出來，可是卻無法成功。後來他又試圖替格里姆斯把臉擦乾淨，不料那些煤灰彷彿根深蒂固，無論湯姆怎麼擦就是擦不掉。

「天啊！」湯姆絕望地大叫：「我歷盡千辛萬苦，特地跑到這裡來幫助你，可是卻什麼忙也沒幫上！」

「唉，你最好不要再管我了。」格里姆斯無奈地說：「說真的，你是一個心地善良、寬宏大量的小傢伙。這裡待會就要下冰雹了，你趕緊離開吧，否則你會被打得哇哇叫喔！」

「下冰雹？」

「沒錯，這裡每天晚上都會下一場冰雹。起初它還沒有落在我身上時，就像是一陣暖雨，可是當它一靠近我，立刻就變成了堅硬的冰雹，彷彿子彈般打在我的身上，讓我疼痛無比。」

「冰雹永遠不會再來了。」仙女嚴肅地說：「我早就告訴過你，那些冰雹是你母親的眼淚，是她跪在床前為你祈禱時留下的淚水。可是，你那冰冷的心把她的眼淚凍成了冰雹。如今，她已經前往西方極樂世界了，再也不會為了她那不學好的兒子流淚了。」

格里姆斯聽了仙女的話之後，過了好久都沒有出聲，臉上露出哀傷的神色。

「原來我的母親去世了，而我竟然無法見她最後一面！唉，她是個好女人，要不是因為我性格頑劣，也許她今天還在替凡谷的孩子們上課呢！」

「她在凡谷教書嗎？」湯姆驚訝地說：「那麼我好像見過她！起初，她看到我是個掃煙囪的孩子時，非常不客氣地想將我趕出門外，可是後來我病倒在她家門口，她又心軟地將我帶進屋內照料。」

湯姆將自己變成水孩子的經過，一五一十地告訴格里姆斯。

「唉，我逃家後跑去當掃煙囪的學徒，她才會那麼討厭掃煙囪的人吧！」格里姆斯後悔地說：「我從來不讓她知道自己住在哪裡，也從來沒有寄過一毛錢給她，可是如今就算想彌補，也都已經太遲了！」

他說完後忍不住嚎啕大哭，菸斗從嘴裡掉落在地，摔得粉碎。

「天啊，假如我能重新回到凡谷生活，日子將會有多麼大地不同啊！可是一切都已經來不及了，所以你還是快點離開吧，善良的孩子。我的年紀大得足以做你的父親，在你面前傷心流淚確實有點難為情。唉，那個愛爾蘭女人說得沒錯，我就是自甘墮落，才會落到今天這個下場。當時我並沒有將她說的話放在心上，但是現在後悔已經太遲了。」

湯姆看格里姆斯那麼難過，自己也忍不住傷心地哭了起來。

「一點也不遲。」懲惡仙女說，聲音變得非常柔和。

湯姆抬頭望向仙女，剎那間竟覺得她變得非常美麗，幾乎就和她的妹妹待善仙女長得一模一樣。

果然一點也不遲。當可憐的格里姆斯痛哭流涕的時候，他的眼淚竟然做到了他母親的淚水無法做到的事，也完成了湯姆剛才拚命想替他做的事情。格里姆斯的淚水不僅將他臉上的煤灰洗掉了，還將煙囪內的煤灰沖得一乾二淨。第三百四十五號大煙囪倒了下來，格里姆斯急忙準備從裡面逃脫而出。

警棍見狀趕緊跳起來，準備給格里姆斯一記當頭棒喝。不過，懲惡仙女對它揮了揮手，示意不需要這麼做。

「如果我再給你一次機會，你肯聽我的話嗎？」

「我一定會謹遵您的吩咐！我知道您的本領比我大，也比我聰明，過去我就是太不聽別人的勸告，才會落到如此下場。現在我決定改過自新，再也不做偷雞摸狗的事情了。」

「很好，你可以出來了。不過你要記住，要是你違抗了我的命令，你就會被送到環境更惡劣的地方去。」

「夫人，您可以放心，因為我先前從未違抗過您。其實，今天是我第一次見到您呢！」

「你確定嗎？那麼『想要骯髒的人自然會骯髒』這句話是誰告訴你的？」

格里姆斯和湯姆一聽，紛紛驚訝地抬起頭來，因為這個聲音簡直就和愛爾蘭女人的一模一樣。

「我當時就曾警告過你，你要為自己所做的一切付出代價，而你做的每一件骯髒事、說的每一句難聽話，都是在違抗我的命令。」

「要是我當時知道……」

「你很清楚自己違背了良心，只是不知道同時也違抗了我的命令。現在，好好把握這次機會吧！說不定這是最後一次了。」

格里姆斯連忙從煙囪爬出來，現在的他乾淨整潔，就和其他的掃煙囪師傅一樣體面。

「把他帶走。」仙女對警棍說：「給他一張離開的通行證。」

「要派他去做什麼呢？」警棍問。

「讓他去打掃埃特納火山口，他會在那裡碰到一些已經改過自新的人，他們會教導他如何打掃。記住，要是火山口再次被灰塵堵住，造成地震，就把他們全部帶來見我，我會仔細追究責任。」

格里姆斯被警棍帶走了，就像小貓那樣溫順。據說直到今天，他都還在打掃埃特納火山口呢！

「現在，你的任務完成了。」懲惡仙女轉身對湯姆說：「你可以回到仙女島去了。」

「我很高興能夠回去。」湯姆說：「可是，那個海底洞穴已經停止噴發蒸氣了，這樣我該怎麼回到上面去呢？」

「我會帶你從後面的樓梯上去。」仙女微笑著說：「不過，我得先把你的眼睛蒙上，免得你將這個祕密洩漏出去。」

「我保證不會告訴任何人。」

「小傢伙，你回去之後馬上就會忘了你剛才做的承諾了。來，現在把臉轉過去。」仙女說完後，立刻用脖子上的絲巾遮住湯姆的眼睛。

過了一會兒，仙女拿下絲巾，柔聲地對湯姆說：「好了，你已經平安回到仙女島囉！」

湯姆驚訝地四處張望，嚇得目瞪口呆，因為他覺得自己一步也沒有移動。可是他仔細打量四周後，發現這裡的確就是仙女島。

首先，他看見在瑰麗的晨曦中若隱若現的高大杉樹，壯麗的聖布蘭登仙女島倒映在一望無際的海面上。接著，他聽見風兒在杉樹林中輕輕歌唱，海浪也在岩洞裡低聲和音。海鳥一邊歡唱，一邊投向天空的懷抱；陸地上的鳥兒一面快樂高歌，一面在大樹上築巢。

空氣中充滿了愉悅的歌聲，不過其中有一個聲音最為甜美、嘹亮，那是一個女孩子的歌聲。

湯姆循著動人的歌聲游到岸邊，看見礁石上坐著一位漂亮的女孩。她用手托著下巴，雙眼凝視著海水，兩隻腳無聊地拍打水面。當湯姆游到她身旁時，才發現原來那位女孩正是艾莉。

「噢，艾莉，你長高了不少呢！」湯姆驚叫。

「湯姆，你也是啊！」艾莉微笑著說。

沒錯，他們兩個都從可愛的孩子，蛻變為成熟的大人了。

「湯姆，你終於回來了！」艾莉開心地說：「我在這裡等了好幾百年了，還以為你永遠不會回到這裡來了呢！」

「好幾百年？」湯姆內心感到十分訝

異，不過他在這趟旅途已經見過許多奇聞軼事，所以很快又恢復了平靜。

湯姆和艾莉就這樣望著對方，久久不發一語。

突然，他們的身後傳來仙女溫柔的嗓音：「孩子們，你們不再看看我嗎？」

湯姆和艾莉轉過頭，同時驚叫：「你究竟是誰呀？」

「你是溫柔的待善仙女，對嗎？」過了不久，艾莉率先說。

「不，你是懲惡仙女，只不過變得非常美麗了！」湯姆反駁。

「我是誰並不重要。」仙女微笑著說：「重要的是你們看得見我。」

湯姆和艾莉望著仙女那雙深邃、柔和的大眼睛，似懂非懂地點點頭。

「艾莉，你現在每個星期日都可以帶湯姆到那個美好的地方去了。他已經成功完成任務，幫助了自己最不願意幫助的人，所以他值得擁有更好的生活。」仙女和藹地說。

於是每逢星期日，湯姆就會和艾莉一起去那裡度假。如今，他成為了一位鼎鼎有名的科學家，設計出許多造福人類的東西，例如：鐵路、蒸汽機、電報、步槍等，而這些都是他從過去的經歷中所學習到的。

湯姆和艾莉結婚了嗎？

許多人都會這麼問，因為大家總覺得故事就應該要有個快樂的結局。

至於湯姆的小狗呢？

在七月的每個晴朗夜晚裡，大家都可以看見牠，因為天上原本的天狼星被熾熱的太陽燒壞了，所以負責管理星空的人只好把它摘下，然後將湯姆的小狗放上去，替補那個位置。今年，英國總算可以有溫暖的天氣啦！

【知識小寶典】

① 根據羅馬的傳說，由於天狼星與太陽同時升起，因此造成夏天裡的其中幾個星期變得特別炎熱。

② 英國夏天的平均溫度大約落在攝氏九度至二十五度之間，因此若無天狼星，氣溫將會變得更低。

智慧×勇氣×愛
追尋蛻變的成長旅程

一場突如其來的龍捲風，將女孩桃樂絲和她的寵物托托帶到了一個陌生國度。在這神祕世界，一位好心的巫婆指點她前往翡翠城，找到奧茲國的偉大魔法師幫忙送她回家。半路上，她遇見了渴望有個腦袋的稻草人，想要有顆心的錫樵夫，和希望變得勇敢的膽小獅子。四人結伴同行，踏上尋找智慧、愛與勇氣的旅程，儘管途中遭到邪惡女巫阻撓，仍不畏艱難勇往直前。讓我們跟隨他們的腳步，一起找到自我蛻變的契機吧！

大師名著
李曼・法蘭克・包姆
L. Frank Baum
【美國】

培養文學素養，啟蒙優良讀物

大師以透亮的眼光觀察生活和社會，
寫出反映真實人生的精采故事，
引人入勝的劇情和深得人心的角色，
將深刻感動孩子的愛、勇氣與智慧。

大師名著系列 004
水孩子
通往成長的奇幻水底世界
ISBN 978-986-98815-3-1 / 書 號：RGC004

作　　者：查爾斯．金斯萊 Charles Kingsley
主　　編：林筱恬
編　　輯：王一雅、潘聖云
插　　畫：蔡豫寧
美術設計：巫武茂、涂敏俶

出版發行：目川文化數位股份有限公司
總 經 理：陳世芳
發　　行：劉曉珍
地　　址：桃園市中壢區文發路 365 號 13 樓
電　　話：(03) 287-1448
傳　　真：(03) 287-0486
電子信箱：service@kidsworld123.com
法律顧問：元大法律事務所 黃俊雄律師
印刷製版：長榮彩色印刷有限公司

水孩子 / 查爾斯．金斯萊 (Charles Kingsley) 作．
-- 初版．--
桃園市 : 目川文化，民 109.06
168 面 ;17x23 公分．--（大師名著 ; 4）
譯自 : The Water-Babies
ISBN 978-986-98815-3-1（平裝）
873.596　　109005893

官方網站：www.aquaviewco.com
網路商店：www.kidsworld123.com
粉絲專頁：FB「悅讀森林的故事花園」

總 經 銷：聯合發行股份有限公司
地　　址：新北市新店區寶橋路 235 巷 6 弄 6 號 4 樓
電　　話：(02) 2917-8022

出版日期：2020 年 6 月
2021 年 10 月（二刷）
定　　價：380 元

建議閱讀方式

型式	圖圖圖	圖圖文	圖文文		文文文
圖文比例	無字書	圖畫書	圖文等量	以文為主、少量圖畫為輔	純文字
學習重點	培養興趣	態度與習慣養成	建立閱讀能力	從閱讀中學習新知	從閱讀中學習新知
閱讀方式	親子共讀	親子共讀 引導閱讀	親子共讀 引導閱讀 學習自己讀	學習自己讀 獨立閱讀	獨立閱讀